Brigitte Jünger

Der Mantel

ISBN 978-3-7026-5932-5
1. Auflage 2019

Einbandgestaltung: b3k
© 2019 Verlag Jungbrunnen Wien
Alle Rechte vorbehalten – printed in Austria
Druck und Bindung: Christian Theiss GmbH, A-9431 St. Stefan

Brigitte Jünger

Der Mantel

Jungbrunnen

Brigitte Jünger
wurde 1961 in Köln geboren. Sie studierte Germanistik, Kunstgeschichte und Psychologie und arbeitet als Autorin und freie Journalistin für mehrere Rundfunkanstalten in Deutschland. Sie macht Hörfunkbeiträge zu Themen wie Musik, Kunst, Religion, Zeitgeschichte, Naher Osten und das Zusammenleben verschiedener Kulturen.

Für Helena, Hannah und Alexander

1
Agnes Stielow, siebenundsiebzig Jahre alt, immer noch rothaarig, wie als kleines Mädchen schon, wohnt in Stommeln, wo sie geboren wurde

Der Mantel der „ärm Jüddefrau" begleitet mich schon, solange ich denken kann. Als ich ein kleines Kind war, seufzte mein Großvater einen seiner tiefen, gedankenschweren Seufzer, wenn die Großmutter im Frühling und im Herbst alle Kleider aus den Schränken holte und die Jacken und Hosen, die Sonntagskleider und Wintermäntel zum Lüften draußen auf die Leine hängte. Ein schwarzer, etwas altmodischer Damenmantel kam dabei zum Vorschein, der von allen mit größter Ehrfurcht behandelt wurde. Meine Großmutter bürstete noch das allerkleinste, unsichtbarste Stäubchen mit bedächtiger Vorsicht von den Ärmeln oder dem Kragen, kontrollierte den Saum und wischte über die sieben schwarzen Knöpfe. Wenn sie den Mantel nach einigen Stunden an der frischen Luft wieder hereinholte, betrachtete sie ihn erneut, fuhr noch einmal mit der Hand an ihm hinunter und seufzte ebenfalls. Dann bekam er ein paar neue Mottenkugeln verpasst und wanderte zurück in den großen Schrank im Schlafzimmer der Großeltern. Ich schaute dabei zu, wippte auf der Bettkante vor und zurück und erinnerte mich daran, dass dieser feine, schwarze Damenmantel in der Familie gehütet wurde, seit ich denken konnte. Ganz am Ende des Krieges, als die Amerikaner schon in Stommeln waren und es in ein Ober- und ein Unterdorf aufgeteilt hatten, mussten wir unser Haus des Öfteren stundenweise verlassen, denn die nahegelegene Bahnlinie wurde immer noch bombardiert. Dann suchten wir bei einer Familie im anderen Dorfteil Unterschlupf. Wenn wir zurückkamen, fanden wir manchmal die Schränke durchwühlt, und einmal lag sogar dieser schwarze Mantel auf dem staubigen Boden. Seither war er dabei, wenn wir das Haus verlassen mussten. Eingeschlagen in ein Bettlaken lag er zuoberst auf dem Handwagen, mit dem wir einige lebensnotwendige Dinge in Sicherheit brachten.

Den Auftrag der „armen Judenfrau" nahm mein Großvater sehr ernst. Sie hatte den Mantel bei ihm, dem Schneidermeister Gottfried Johnen, für sich nähen lassen. Als sie fortmusste, bat sie ihn, den Mantel für sie aufzubewahren, damit sie das gute Stück nach dem Krieg, wenn sie wieder zurückgekehrt war, endlich tragen könne. Mein Großvater, der ein außerordentlich guter Schneider war, schaute weder auf den Stand noch auf die Religion seiner Kunden und nahm den Mantel in seine Obhut. Ich kann mich allerdings nicht erinnern, dass wir irgendein anderes Kleidungsstück seiner Kunden mit uns genommen hätten.

Als der Krieg zu Ende war, warteten die Großeltern lange auf die Rückkehr der Besitzerin. Immer wieder fragte mein Großvater Leute aus dem Nachbardorf, ob Frau Jenny Stock, ihr Mann Max und die Kinder Susi und Wolfgang nicht endlich zurückgekommen seien. Doch niemand wusste, was aus ihnen geworden war.

So gingen die Jahre ins Land und meine Großeltern gaben das Fragen auf. Aus dem Warten wurden Stirnrunzeln und Kopfschütteln. Das ganze merkwürdige Bedauern, das diesen Mantel nun und für alle Zeit umgab, gehörte so selbstverständlich zu seiner Erscheinung wie die Tatsache, dass niemand den Mantel jemals anzog. Wenn jemand wie Lehners Kätt, die zufällig einmal vorbeikam, als die Kleidungsstücke im Frühling auf der Leine flatterten, zu meiner Großmutter sagte: Mariechen, der würde dir doch wie angegossen passen!, erntete sie empörten Widerspruch: Das ist doch der Mantel von der armen Judenfrau! Und dabei blieb es.

Der Mantel wurde ein Teil von uns. Er wanderte vom Schrank meiner Großeltern in den Schrank meiner Eltern. Meine Mutter hegte und pflegte ihn ebenso wie meine Großmutter. Heute hängt der Mantel in meinem Kleiderschrank. Wenn ich ihn zum Lüften gelegentlich heraushole und über den schwarzen Stoff streiche, überkommt mich ein Gefühl, das ich gar nicht beschreiben kann.

Denn der Mantel ist mehr als nur ein Mantel. Der Mantel, das ist die Familie Stock.

In meinem Kleiderschrank, unmittelbar neben meinem Bett, führen sie ein Leben, das keine Gegenwart und keine Zukunft hat, aber sehr viel Vergangenheit.

Von vielen anderen Menschen ist gar nichts geblieben, außer vielleicht einer Postkarte, geschrieben aus einem der Lager an die, die zu Hause geblieben waren, an die Nachbarn, an Freunde oder Bekannte. Dazu hatten die, die abtransportiert worden waren, noch Zeit, und Zeit bedeutete Hoffnung. Solche Postkarten liegen heute in dem einen oder anderen Museum.

Mein Schrank ist kein Museum. Der Mantel in meinem Kleiderschrank, eine Armlänge vom Bett entfernt, ganz in der Nähe meiner Herzgegend, ist ein Familienerbstück. Einerseits. Mehr noch, er ist wie eine zweite Haut, unter der die Vergangenheit lebendig ist.

Diese Vergangenheit teilt sich in eine Geschichte vor dem 18. Juli 1942 und eine danach. Über die erste Geschichte, aus der Zeit, als der Mantel noch Jenny Stock gehörte, weiß ich wenig. Eigentlich nur, dass mein Großvater, der Schneidermeister Gottfried Johnen, den Mantel für seine Kundin Jenny Stock genäht hat. Über die zweite Geschichte, die der Mantel in unserer Familie hat, nachdem Jenny Stock meinen Großvater gebeten hatte, ihn für sie aufzubewahren, weiß ich eine Menge.

Nach all dem hatte schon lange niemand mehr gefragt. Bis Fanette kam.

2
Fanette, vierzehn Jahre alt, erwartungsvoll, was die Zukunft angeht, aber besorgt an diesem Morgen, wohnt in Paris, 12. Arrondissement,
Rue de Bercy No. 2, dritte Etage rechts

Das Klopfen! Wo war das Klopfen in dieser Nacht gewesen? Fanette schlug die Augen auf und betastete mit den Fingerspitzen die Wand hinter ihrem Rücken.

Auf der anderen Seite der Wand, in der Wohnung direkt nebenan, stand das Bett von Monsieur Schatz. Ein altes Bett aus dunklem Holz, das am Kopf- und am Fußende geschwungen war, wie eine in der Bewegung erstarrte Meereswelle. Dazwischen türmten sich Kissen und Decken, in denen der schmale alte Mann zu versinken drohte. Seine klaren, tiefblauen Augen im faltigen Gesicht waren die Bojen, die ihn an der Oberfläche hielten.

Bist du da?

Normalerweise sandte Monsieur Schatz regelmäßig Morsezeichen durch den riesigen schwarzen Ozean der Nacht, um Fanette und sich selbst zu vergewissern, dass er noch da war.

Hatte er durchgeschlafen?

Es wäre das erste Mal in der ganzen langen Zeit gewesen, die Fanette den Nachbarn schon kannte. Praktisch war das ihr ganzes Leben lang, auf jeden Fall aber das ganze Leben, an das sie sich erinnerte. Seine quälende Schlaflosigkeit gehörte ebenso dazu wie sein dichtes weißes Haar und der siebenarmige Leuchter auf der Kommode.

„Hypnos, der Gott des Schlafes, flieht vor den Dingen, die in meinem Kopf herumspuken", pflegte Aron Schatz zu sagen. Aber das hörte sich so sanft und verständnisvoll an, als wäre eher der Schlaf zu bedauern als der alte Mann selbst.

Fanette musste lächeln. In der Welt des Monsieur Schatz gab es keine toten Dinge. Auch die Sorgen und sogar die Angst waren lebendige Wesen, die sich abwechselnd zu ihm gesellten, auf seiner Bettkante hockten oder zu ihm sprachen.

Bei ihm konnten sich Bäume Geheimnisse zuflüstern, Kochtöpfe erzählten wundersame Geschichten und sogar der Hund des Gemüsehändlers hatte etwas mitzuteilen, wenn man nur in der Lage war, ihn zu verstehen.

Früher, als Monsieur Schatz das Haus noch verließ, hatte sich Fanette jeden Tag davon überzeugen können, wenn sie zusammen mit ihm eine Runde durchs Viertel gemacht hatte. Rue de Dijon, Rue Joseph Kessel bis in den Parc de Bercy und manchmal bis an die Seine. Unter einem der Bäume saßen sie dann und Monsieur Schatz wies nach oben auf eine Stelle am Baumstamm, wo einmal ein Ast gewesen sein musste. Jetzt war da nur noch eine verharzte Stelle, die aussah wie eine große Ohrmuschel.

„Jede Nacht bekommt der Baum Besuch von jemandem, der etwas auf dem Herzen hat und mit niemandem darüber sprechen kann", hatte Monsieur Schatz ihr erzählt und Fanette hatte sich vorgenommen, irgendwann einmal in der Nacht hierherzukommen, um zu sehen, wie jemand aussah, der mit niemandem sprechen konnte. Dann wanderten sie weiter durch den Park und die Straßen und schließlich zurück nach Hause, durch die Rue George Gershwin, in der Monsieur Schatz immer ein ganz bestimmtes Lied pfiff, weiter durch die Rue de Chablis bis in die Rue de Bercy Nummer 2. „Ströfeln" nannte er das, ein Wort aus seiner Muttersprache, das sich nicht ins Französische übersetzen ließ. Es bedeutete so viel wie promenieren oder einfach spazieren gehen. Er hatte ihr dieses und unendlich viele andere deutsche Worte beigebracht, sodass die Sprache ihr mühelos über die Lippen ging.

Aron Schatz war Nachbar, Großvater und Vater in einer Person. Vertraut seit Anbeginn, doch immer umgeben von einer riesigen Portion Freiheit, die er jedem Menschen ließ.

Fanette tippte mit ihren Fingerspitzen gegen die Wand, ein leichtes, zaghaftes Klopfen, das nach dem Freund forschte, doch unbeantwortet blieb.

War das der Augenblick? Der eine, der unvorstellbare Augenblick? Fanette versuchte, das Unaussprechliche nicht zu denken. Stattdessen schlug sie energisch das Plumeau zurück und schwang die Beine aus dem Bett. Auf der Kante der Matratze blieb sie sitzen, stützte die Ellbogen auf die Oberschenkel und legte den Kopf in beide Hände. Halb sieben.

Sollte sie den Schlüssel nehmen und nach nebenan gehen? Nachmittags, wenn sie aus der Schule kam und Maman, wie immer, nicht zu Hause war, war das normal. Aber morgens um halb sieben? Fanette fürchtete, sie könnte Monsieur Schatz bei irgendetwas überraschen, das nur ihm gehörte. Wie er zum Beispiel in einer Ecke seines Wohnzimmers stand und, vertieft in unverständliches Gemurmel, seinen Oberkörper vor- und zurückwiegte. Sobald sie daran dachte, erfasste Fanette der gleiche Schauder wie damals, als sie ihn zum ersten Mal so gesehen hatte.

War es im letzten Jahr gewesen? Da hatte sie ihren Pulli nebenan bei Monsieur Schatz liegen gelassen. Als sie ihn am nächsten Tag holen wollte, machte der Nachbar nicht auf. Da hatte sie mit ihrem Schlüssel die Tür geöffnet und war in die Wohnung gegangen.

Fanette hatte den Flur betreten und nichtsahnend das Wohnzimmer erreicht. Im nächsten Augenblick war sie erstarrt, als sie ihn dort in der Ecke neben dem Fenster stehen sah, um die gebeugten Schultern ein Tuch gelegt, das an den Enden blau gestreift war. Er hielt ein Buch in den Händen und wippte langsam vor und zurück. Es war nicht zu erkennen, ob er Fanette bemerkt hatte oder nicht.

Sie aber hatte sofort verstanden, dass er vollkommen versunken war in einer unsichtbaren Welt, zu der nur er den geheimen

Zugang besaß. Eine unbekannte Energie umfasste ihn ganz und gar, als befände er sich in einer Art Raumschiff, das ihn an einen unbekannten Ort entführte, wobei sein Körper doch gleichzeitig in diesem Zimmer geblieben war. Er hatte Geheimnisse, über die er noch nie gesprochen hatte.

Fanette hatte die Erstarrung, in die sie damals für einige Sekunden gefallen war, abgeschüttelt und war auf Zehenspitzen wieder aus dem Zimmer hinausgeschlichen.

Ob Monsieur Schatz sie bemerkt hatte oder nicht, darüber verlor er kein Wort, deshalb wusste sie bis heute nicht, ob sie tatsächlich unsichtbar geblieben war oder ob er sie nur nicht ein zweites Mal in eine peinliche Situation hatte bringen wollen.

Drei Minuten nach halb sieben.

Fanette warf die zerzausten schwarzen Haare nach hinten und verscheuchte die Gedanken. In diesem Augenblick gab ihr Handy, das neben dem Bett auf dem Boden lag, ein schrilles Pling von sich. Moumouche! Wer sonst schrieb so früh am Morgen schon eine Nachricht?

Eiskonservierung – die Überlebenslösung!

Okay? Was sollte das jetzt heißen? Fanette brauchte gar nicht nachzufragen. Moumouche hatte mit Sicherheit wieder irgendeinen Artikel in der Zeitung entdeckt, von dem er ihr erzählen wollte, wenn er sie nachher abholen kam.

Fünf Minuten nach halb sieben, jetzt musste sie endgültig aufstehen. Noch einmal zögerte Fanette. Diesmal lauschte sie Richtung Flur und horchte darauf, ob die Wohnungstür nicht ins Schloss fallen würde. Jean-Claude? Philippe? Luc? Mamans Liebhaber zogen es üblicherweise vor, ungesehen in den Tag zu verschwinden. Fanette war das mehr als recht. Sie schüttelte sich bei dem Gedanken, morgens einem Mann am Frühstückstisch begegnen zu müssen, der womöglich unrasiert war oder, noch schlimmer, nach einem übertrieben starken Rasierwasser roch.

Maman wusste das, obwohl sie nie darüber gesprochen hatten. Vielleicht zog sie dieses Verschwinden der Männer genauso vor wie Fanette. Reden war weiß Gott nicht ihre Stärke. Jedenfalls nicht, wenn es um persönliche Dinge ging. In ihrem Geschäft hingegen konnte sie quasseln, bis einem die Ohren abfielen. Es war ja auch viel einfacher, einen Kunden über den Unterschied zwischen Goldlegierung und Silberimitat aufzuklären, als Fanette ständig neue „Freunde" vorstellen zu müssen. Maman liebte das *Pièces d'Or,* den piekfeinen Laden in der Rue de la Paix, mehr als alles andere auf der Welt. Er war ihr Heiligtum, dabei war sie dort nur angestellt, aber sie fühlte sich wie die eigentliche und rechtmäßige Besitzerin. Jedes Schmuckstück in diesem Geschäft hatte eine riesige Vitrine ganz für sich allein. Fanette musste jedes Mal lachen, wenn sie an die maßlose Platzverschwendung dachte. Das allein machte ein Viertel der unglaublichen Preise aus, die der Kram kostete.

Kein Laden, in den Moumouche überhaupt nur eingelassen worden wäre.

Ja, man musste eingelassen werden! Ein bulliger Mann im schwarzen Anzug stand vor der Tür und ließ nur diejenigen hinein, die ihm vertrauenswürdig erschienen.

Ob er auch schon mal bei ihnen zu Hause übernachtet hatte? Fanette hatte keine Ahnung und war froh, dass Maman sie damit verschonte.

Auf dem Weg ins Badezimmer sah sie durch das Milchglas der Küchentür den Schatten ihrer Mutter an der Anrichte, vermutlich mit der Kaffeetasse in der Hand. Ob sie schon auf Fanní, mit Betonung auf dem i, wartete?

Wenn sie bloß nicht wieder mit ihr diskutieren wollte! Seit zwei Wochen ging das jetzt so. Fanette konnte den Verlauf solcher Gespräche schon auswendig herunterbeten.

„Vier Wochen Auslandsaufenthalt und du willst in keine deutsche Großstadt? Gibt es noch dümmere Ideen? Was denkst du, wofür ich mein Geld ausgebe? Vier Wochen Landleben in einem öden Dorf, in dem du die Schafe zählen kannst? Wenn du schon die Möglichkeit hast, ein paar Wochen in Deutschland zu verbringen, dann musst du dort auch das richtige Leben kennenlernen, Kunst, Kultur, Geschichte, Geschäfte! Wenn du nur abhängen willst, kannst du auch zu Tante Jeanne nach Aubignac fahren, das ist billiger."

Maman mochte keine Ferien und schon gar nicht auf dem Land. Eine Woche Nizza war das Äußerste, was sie sich gönnte, mit oder ohne Fanní.

Was den Auslandsaufenthalt anging, hatte Fanette irgendwann aufgehört zu argumentieren und auf stur gestellt. Maman machte sie einfach nur wütend. Du wirst das nicht für mich entscheiden! Wie ein Mantra ging Fanette dieser Satz durch den Kopf, sooft sie an die Auseinandersetzungen mit ihrer Mutter dachte. Sie würde sich nicht dreinreden lassen und alleine bestimmen, wohin sie fuhr. Das hatte sie sich felsenfest vorgenommen.

Obwohl es ihr wirklich nicht leicht fiel, sich zwischen Hamburg, München, Köln oder Buxtehude, Ottobrunn, Pulheim – einer großen Stadt oder dem Umland – zu entscheiden. Im Internet sahen die großen Städte allesamt gleich interessant aus. Die kleinen, na ja, sie waren klein, aber einmal etwas anderes. Maman war für Hamburg oder München, da gab es wenigstens annähernd ähnliche Geschäftsstraßen wie in Paris, Betonung auf annähernd. Schon das hatte Fanettes Widerwillen hervorgerufen und ihren Widerspruchsgeist geweckt.

„Warum nicht Köln? Davon heißt es, es wäre so etwas wie das Paris des Nordens."

Maman hatte eine wegwerfende Handbewegung gemacht. „Das muss die Erfindung eines schlauen Tourismusdirektors gewesen sein. Diese Stadt ist hässlich und dreckig und das Geschäftsleben – unterirdisch! Kein Modeschöpfer ist jemals auf die Idee gekommen, dort ein Geschäft zu eröffnen. Es fehlt an Kundschaft. Warum ist nicht Düsseldorf im Angebot?"

Keine Ahnung, woraus Maman ihr Wissen schöpfte. Sie hielt sich etwas auf ihre Kundenkontakte und die Erfahrungen der Vertreter zugute, die zu ihr ins *Pièces d'Or* kamen und von ihren Reisen ins Ausland erzählten.

„Aber Monsieur Schatz!"

Maman verdrehte wieder einmal die Augen. „Ja, er ist vor fast hundert Jahren in Köln zur Welt gekommen. Ist das ein Argument? Meinst du, du würdest noch irgendwas von *seinem* Köln vorfinden?"

Fanette lehnte sich an die Fliesen in der Dusche, stellte das Wasser an und prüfte die Temperatur zuerst mit den Füßen. Bei nächster Gelegenheit würde sie Monsieur Schatz um Rat fragen.

3
Aron Schatz, fünfundneunzig Jahre alt, schlecht auf den Beinen, wohnt in Paris, 12. Arrondissement, Rue de Bercy No. 2, dritte Etage links

Monsieur Schatz lag kerzengerade ausgestreckt in seinem Bett und starrte an die Decke. Die Wohnungstür nebenan war gerade ins Schloss gefallen, so wie eine Tür das normalerweise tut: mit einem leichten metallischen Schnappen, das von einem hölzernen Nachklang begleitet wird. Kein Geschrei, kein Gezeter. Gut!

Monsieur Schatz lauschte in die Stille und dachte an seine Mutter, die selige Machale, die ihn vor fünfundneunzig Jahren in Köln zur Welt gebracht hatte. Käme Machale jetzt ins Zimmer, hätte sie bei seinem Anblick ausgerufen: „Junge, was starrst du Löcher in die Luft, als würdest du dafür bezahlt! Steh endlich auf und beweg dich oder sollen sich die Hühner heute ihr Futter selbst aus dem Kasten holen?"

Hühner hatte damals jeder in Köln, der es sich leisten konnte und dem ein Fleckchen Grün ums Haus zur Verfügung stand. Der Tonfall von Arons Mutter Machale dagegen stach aus dem rauen Dialekt heraus, der in den Gassen der Kölner Südstadt zu hören war. Seine Mamme kam aus einem kleinen polnischen Dorf und hatte ihren jiddischen Singsang von dort mitgebracht. Diese Polacken, wie sie manchmal verächtlich genannt wurden, mit ihrem fremdartigen Jiddisch waren bei den vornehmen jüdischen Familien der Stadt nicht besonders gut angesehen, galten sie ihnen doch als altmodisch und zurückgeblieben. Sie kamen schließlich aus dem Schtetl, vom Dorf, und entsprechend einfältig sah es in ihrem Kopf aus. Doch Machale gab nichts darum. „A Jid is a Jid", pflegte sie zu sagen, „ein Jude ist ein Jude, ganz egal, wo er herkommt!" Dann rückte sie ihre Perücke zurecht und ging in die Synagoge, um sich auf der Frauenempore unter die Kölnerinnen zu mischen, die sich für etwas Besseres hielten. Sollten sie es wagen, etwas gegen die Leute aus dem Schtetl zu sagen – denen würde sie es zeigen.

Auch im Kölner Umland lebten Juden auf dem Dorf, in Rommerskirchen, Frechen und Brühl, in Stommeln, Pulheim und Fliesteden. Machale kannte diese Dörfer, denn sie hatte dort entfernte Verwandte und war stolz auf sie. Machten die ihre Arbeit nicht genauso gewissenhaft wie ihre christlichen Nachbarn? Machale konnte in Wut geraten, wenn sie an die feinen Herrschaften dachte, die auf sie herabsahen. Aber ihre Wut hielt nie lange an. Der Herr im Himmel mochte es nicht, wenn man in seinem Bethaus schimpfte, und war es auch nur in Gedanken. Wenn sie wieder nach Hause kam, war Machale so gutmütig wie immer, auch wenn sie ihren Sohn ein weiteres Mal aus dem Bett komplimentieren musste.

Damals war Aron Schatz widerwillig dem Rufen der Mutter gefolgt, obwohl er viel lieber weiter vor sich hin geträumt und Geschichten erfunden hätte.

Heute gab es keinen Grund mehr aufzustehen. Hühner waren in der ganzen Rue de Bercy nicht zu finden, falls es sie dort überhaupt jemals gegeben hatte. Seitdem die Kraft in seinen Beinen immer mehr nachließ, blieb Aron Schatz manchmal ganze Vormittage lang einfach im Bett liegen und niemand störte sich daran.

„Kannst ja liegen bleiben, bis du grün und blau bist!" Aron Schatz hörte die Stimme seiner Mutter ganz deutlich und musste lachen. Liegen bleiben, genau das würde er machen! Das war sein Triumph. Einfach liegen bleiben, bis ihn irgendwann der Tod in die Arme nahm. Nicht dorthin geprügelt, geschlagen oder getreten werden, nicht gezwungen werden zu marschieren, niederzuknien und wieder aufzustehen, in sengender Hitze oder schneidender Kälte zu stehen, bis man zusammenbrach. Nicht aus dem Schlaf gerissen werden, nicht taub gebrüllt werden, nicht zusammengepfercht werden. Einfach liegen bleiben.

Plötzlich saß wieder der große schwarze Vogel auf seiner Brust und nahm ihm den Atem. Es war gefährlich, sich in die Vergangenheit zu begeben. Dort lauerten Stimmen, die Monsieur Schatz nicht hören wollte.

4
Fanette, vierzehn Jahre alt, geduscht

Das Handtuch um die Haare geschlungen, ging Fanette wieder an der Küchentür vorbei, doch kein Schatten war mehr zu sehen. Sie schaute kurz hinein – Maman war schon weg. Donnerstags ging sie immer um sieben Uhr früh, denn sie wechselte die Schmuckstücke in den Vitrinen aus. Okay, sollte sie tun, was sie nicht lassen konnte, Fanette war erleichtert. Sie kochte sich Kaffee, schaute hinunter auf die Straße und löste dabei das Handtuch vom Kopf. Während sie sich die Haare trocken rieb, trat im gegenüberliegenden Haus ein Mann in einem grünen T-Shirt ans Fenster und machte eine Handbewegung, die man für einen Gruß halten konnte.

Fanette überlegte, wann sie heute Gelegenheit haben würde, Monsieur Schatz zu besuchen. Der Tag war lang und sie käme mit Sicherheit erst spätnachmittags dazu.

Der grüne Mann hatte nun sein Fenster geöffnet und rauchte eine Zigarette. Dabei stützte er sich mit der freien Hand am Fensterkreuz ab und starrte zu Fanette hinüber. Sie streckte ihm die Zunge heraus und ging in ihr Zimmer.

Das Handy am Boden blinkte. Drei neue Nachrichten.
Mach langsam, die ersten beiden Stunden fallen aus. – Habs grad erst gesehen, bin aber schon unterwegs. – Kann ich bei dir vorbeikommen?
Moumouche! Na super, das waren gute Nachrichten.
Kannst kommen.
Pling. Willst du Flfl?
Zum Frühstück?!
Pling. ☺
Nein, danke!

Zehn Minuten später saß Moumouche bei Fanette in der Küche und biss in sein Falafelbrötchen. Den Salat, der an der Seite herausquoll, stopfte er sich mit den Fingern in die Mundwinkel. Dabei grinste er übers ganze Gesicht und stammelte: „Pa...nnez-moi, ich ... nur ungebil...er Araber, der sisch nischt benehmn kann. Keine Erziehung!"

Fanette lachte und wuschelte ihm durch die krausen Haare.
„Du hast Glück, dass Madame Maman nicht da ist!"
Moumouche riss die Augen auf und biss wieder in sein Falafelbrötchen.
„Gross Gluck!", quetschte er hervor.
Man konnte ihm wirklich schlecht beim Essen zuschauen.

„Falafel am frühen Morgen! Wie hältst du das nur aus?"
Moumouche kaute, grinste und wischte sich den Mund mit dem Handrücken ab.
„Das braucht ein Araber, wenn er einen Vormittag Schwerarbeit durchhalten will!", antwortete er. „Nur so ein suppiger Kaffee, igitt. Das ist vielleicht was für dünne Bohnenstangen wie dich, aber doch nicht für einen richtigen Mann!"
Fanette setzte sich ihm gegenüber an den Küchentisch und schaute mit einer hochgezogenen Augenbraue die Überreste seines Frühstücks an.
„Okay, okay, ich räums ja schon weg, keine Sorge, du musst nicht hinter mir her putzen!" Moumouche stand auf und machte sich an die Beseitigung der Kichererbsenkrümel und Salatreste.
„Jetzt setz dich doch einmal ruhig hin!"
„Shwei shwei, sagt der Araber, immer schön langsam!" Moumouche warf den Lappen in die Spüle und setzte sich wieder.
„Also? Weißt du immer noch nicht, ob München, Hamburg oder Köln?"
Jetzt grinste Fanette. „Genau."
„Heute noch nicht genug mit Madame Maman diskutiert oder was?"
„Noch gar nicht, zum Glück!"
„Na, dann freu dich doch!"
„Aber ich will endlich eine Entscheidung treffen."
Moumouche stützte den Kopf in die eine Hand und malte mit der anderen unsichtbare Kreise auf die Tischplatte.
„Dann entscheide dich doch."
„Kannst du mir vielleicht dabei helfen?!?"
„Sag mal, fahr *ich* nach Deutschland oder du? Mich interessiert Deutschland kein bisschen. Obwohl, da gibts gute Fußballspieler. Und eine Bundeskanzlerin."
„Mohammed Khalidi!"
„Oh, grusel, sie nennt mich bei meinem vollen Namen, jetzt

wirds ernst!" Moumouche zog eine Grimasse und sah für einen Augenblick aus wie eines der Mammuts aus Ice Age.

„Aber was soll ich dir denn raten? Ich kenne Deutschland so wenig wie du, deshalb ist es am Ende doch völlig egal, wohin du fährst. Willst du eine große Stadt, nimm eine große Stadt! Willst du eine kleine Stadt, nimm eine kleine Stadt – oder ein Dorf oder was auch immer."

Fanette ließ ihren Blick von Moumouches Gesicht hinüber zum Fenster wandern. Er redete unbeirrt weiter.

„Wenn du Museen und Geschäfte anschauen willst, wähle: Stadt. Willst du im Wald spazieren gehen und Pilze sammeln, wähle: Land. Vielleicht lernst du da ja die Leute besser kennen, keine Ahnung."

Als Fanette immer noch ins Leere starrte, hob er die Hand und wischte in ihrer Augenhöhe durch die Luft.

„Oder frag doch den Hilfssheriff von nebenan. Hast du mir nicht erzählt, dass er aus Deutschland stammt? Vielleicht hat er den ultimativen Ratschlag."

Fanettes Blick wurde wieder lebendig. „Genau das hab ich vor, und vielleicht mache ich das am besten sofort!"

„Al-Hamdu li-llâh! Gott sei Dank!" Moumouche schaute hinauf zur Zimmerdecke, als säße dort dieser Gott, dem man danken könnte. Im nächsten Augenblick griff er neben sich und hob den Rucksack auf seinen Schoß. Er zog einen hölzernen Kasten heraus und legte ihn auf den Tisch. „Dann geh nach nebenan, aber bleib nicht zu lange weg, dann können wir noch ein Spielchen machen und du hast Gelegenheit aufzuholen. Falls du dich noch erinnerst, du bist achtzehn zu vier im Rückstand."

Fanette schnalzte verächtlich mit der Zunge und ging hinüber zu Monsieur Schatz.

Moumouche begann, die Backgammonsteine aufzubauen.

5
Aron Schatz, fünfundneunzig Jahre alt, hört es an seiner Wohnungstür läuten

Liegen bleiben, einfach liegen bleiben, wer soll so früh am Morgen schon kommen, dachte Monsieur Schatz. Das Alter verschafft einem doch ungeheure Freiheiten.
Er musste lächeln, denn so ganz stimmte das natürlich nicht. Er hätte zum Beispiel gerne eine Tasse Kaffee gehabt, aber die kam leider nicht angeflogen. Also musste sie warten, bis er bereit war, aufzustehen.
Es läutete wieder und wieder. Monsieur Schatz sah für eine Millisekunde Männer in schwarzen Mänteln und hohen Lederstiefeln vor sich. Und seine Mutter Machale, die zu zittern begann.
Immer nachdrücklicher klopfte da jemand gegen die Wohnungstür.
„Monsieur Schatz! Bist du da? Antworte doch bitte!"
Fanette! Oh, großer Himmel, wieso kam sie so früh? Monsieur Schatz setzte sich in seinem Bett auf.
„Nimm deinen Schlüssel!", rief er, so laut er konnte.
Einen Augenblick später stand sie vor seinem Bett, setzte sich atemlos auf den Stuhl davor und legte ihre Hand auf die knorrige, schrumpelige Hand des alten Mannes.
„Aber Kindchen, ist was passiert?" Monsieur Schatz sah Fanette besorgt an und legte nun seine Hand auf ihre.
„Es war ... so still ... heute Nacht." Fanette schaute zu Boden und kam sich plötzlich merkwürdig lächerlich vor.
Monsieur Schatz ließ sich zurück in die Kissen sinken.
„So, so, ... still! Und sonst ist es immer ... nicht still?"
Fanette schaute Monsieur Schatz abrupt wieder ins Gesicht.

„Ich höre immer, wenn du da bist, Monsieur Schatz!", rief sie und hatte wieder dieses komische, peinliche Gefühl.

Monsieur Schatz überlegte. „Ja, wo bin ich denn letzte Nacht nur gewesen? Hmm, in einer Bar war ich schon ziemlich lange nicht mehr! Ha, jetzt weiß ich es! Ich bin irgendwann aufgestanden, habe mir einen Tee gekocht und aus dem Küchenfenster in die schwarze Nacht hinausgeschaut. Weißt du, den ganzen Tag über hab ich es nicht geschafft aufzustehen und Tee zu trinken. Aber in der Nacht, da ging es plötzlich. Und die Nacht war eine freundliche Nacht. Sie hatte alle Dämonen in ihren finstersten Kerker verbannt."

Fanette lächelte. Da war er wieder, Monsieur Schatz, wie sie ihn kannte!

„Und was ist mit *dir* heute Morgen? Streiken die Lehrer?"

„Die? Nie! Nur die ersten beiden Stunden fallen aus."

Monsieur Schatz drückte ihre Hand.

„Und da kommst du zu mir, das ist schön!" Die Stille, die eintrat, war sehr entspannt. Fanette war nichts mehr peinlich und Monsieur Schatz vergaß das Alleinsein. Beide schwebten ein kleines bisschen über dem Boden.

„Keine Sorge übrigens", sagte Monsieur Schatz leise, „ich gehe nicht, ohne mich vorher zu verabschieden."

Fanette schlug die Augen nieder und hörte ihr Herz in den Ohren klopfen. Doch schon im nächsten Augenblick wechselte Monsieur Schatz unvermittelt die Tonlage.

„Sag mal Fanette, ist eigentlich bei euch nebenan alles in Ordnung, alle gesund? Oder ist in deiner Familie eine ernsthafte Stimmbanderkrankung ausgebrochen. Vielleicht liegt es ja auch an meinen Ohren …?"

Fanette verstand sofort, dass er das Geschrei und Gezanke der letzten Wochen mitbekommen hatte.

„Maman ist so ein schreckliches Scheusal", antwortete sie empört, „da organisiert die Schule vier Wochen Auslandsaufenthalt in Deutschland und Maman will mir unbedingt vorschreiben, wohin ich fahren soll. Aber ich will das alleine entscheiden!"

Monsieur Schatz lachte auf. „Ja, ja, Mütter haben so ihre eigenen Vorstellungen davon, was gut für einen ist und was nicht. Und soll ich dir was sagen? Sie haben nicht immer die schlechtesten Ideen."

„Kann schon sein, aber weißt du, was mich stört? Bei der Entscheidung zwischen Stadt oder Umland hat sie kein einziges Argument *für* einen Landaufenthalt, und sei es auch nur winzig."

Fanette zählte Monsieur Schatz alle Möglichkeiten auf, aus denen sie wählen konnte, und er verfiel in ein versonnenes Schweigen.

„Köln! Weißt du, die Stadt ist im Krieg fast vollständig zerstört worden. Kannst du dir das vorstellen, alle Häuser nur noch Gerippe und Ruinen?"

Das konnte man sich natürlich nicht vorstellen. Fanette hatte zwar bei ihren Nachforschungen Fotos von der zerstörten Stadt gesehen, aber damit bekam man keine Idee davon, wie ein Leben dort ausgesehen haben konnte. Die kleine Straße, in der Monsieur Schatz groß geworden war, die Alten, die auf einem Stuhl vor der Haustür saßen. Die Kohlenhändler mit ihren schwarzen Gesichtern, vor denen Aron Schatz sich als Kind gefürchtet hatte. So viel hatte er ihr von dieser Zeit erzählt, die es längst nicht mehr gab!

Auf den Fotos, die Fanette angeschaut hatte, sah das heutige Köln allerdings verlockend aus. Die Stadt lag an einem Fluss, wie Paris, weiße Boote fuhren dort auf dem Wasser und alte Kirchen stachen aus dem Häusermeer heraus. Die größte und berühmteste war der Kölner Dom. Auf den Fotos der zerstörten Stadt ragte er als einzige Kirche in seiner ganzen Größe aus den Trümmern heraus, als wäre er aus irgendeinem unzerstörbaren Material oder als habe sich niemand getraut, ihn anzugreifen.

„Warst du während des ganzen Krieges dort?", fragte Fanette.

„In Köln? Nein, nicht die ganze Zeit. Das Leben war hart damals. Zum Glück gab es die Verwandten in einem Dorf in der Nähe von Köln."

Verwandte hatte Monsieur Schatz auch gehabt? Wieso hatte er nie davon erzählt?

„Waren sie nett?"

Monsieur Schatz sah Fanette verträumt an, und sie hatte den Eindruck, dass sich hinter seiner Stirn eine ganze Welt auftat. Schade, dass man jemandem nicht in den Kopf schauen konnte.

„*Nett* waren sie nicht. Sie waren das Beste, was mir in meinem Leben passiert ist."

„Sind sie noch da? Kann ich sie besuchen?", fragte Fanette. Erst dann fiel ihr ein, dass es ja schon unendlich lange her war, dass Monsieur Schatz dort als Junge gewesen war.

Er schüttelte nur leicht den Kopf.

„Und dann? Wo warst du dann?"

„In Kanada."

Monsieur Schatz hatte früher schon einmal erwähnt, dass er während des Krieges eine Zeit lang in Kanada gewesen war, allerdings ohne Details zu erzählen.

„Kanada muss ein wunderschönes Land sein", erwiderte Fanette, „Indian Summer, Elche, große Seen und riesige Wälder! Warum bist du zurück nach Europa gekommen?"

Monsieur Schatz antwortete nur zögernd.

„Ich war froh, als es vorbei war", antwortete er bedächtig. Und schwieg.

Fanette merkte, dass sie eine Grenze berührten, die nicht leicht zu überwinden war. Was hatte Aron Schatz dort in Kanada nur erlebt? Schon wieder ein Geheimnis.

„Und das Dorf? Wie hieß es?", fragte Fanette.

„Fliesteden."

„Ein Ort, in den man fliehen kann? Für Flüchtlinge, die vor dem Krieg fliehen?"

Aron Schatz sah Fanette verständnislos an. Bis er schließlich verstand.

„Nein, ohne h, Fliesteden ohne h. Ich glaube, das bedeutete einmal: Ort an einem Gewässer."

„Zum Beispiel ein Bach, der fließt?"

„Ja, vielleicht. Ist ja schon fast neunhundert Jahre her, dass dieses Fliesteden entstanden ist."

Fanette war plötzlich Feuer und Flamme.

„Vor neunhundert Jahren? Das war im Mittelalter! Gabs da auch in diesem Fliesteden Burgen und Ritter? In Deutschland gibts doch so viele davon!"

Aron Schatz grinste. „Ich glaube, japanische und amerikanische Touristen kommen extra deshalb in Scharen, um sich solche Zuckerbäcker-Schlösser wie Neuschwanstein in Süddeutschland anzuschauen! Aber bei uns waren das eher große Gutshäuser oder Höfe ohne viele Schnörkel. Ich erinnere mich an eine Oberburg und eine Unterburg."

„Hört sich trotzdem cool an! Und wie ist es dort heute?"

Monsieur Schatz schwieg.

„Keine Ahnung", sagte er dann, „ich war nie wieder dort."

„Warum nicht?"

„Na ja, es hat sich nicht ergeben."

6
Fanette, vierzehn Jahre alt, sitzt ihrem Freund Moumouche wieder am Küchentisch in ihrer Wohnung gegenüber

„Sag mal Fanni-i, du bist ja so still. Alles okay nebenan?" Moumouche schaute Fanette fragend an, die ihm schweigsam gegenüber saß, geistesabwesend die Steine auf dem Spielbrett bewegte und seinen Blick nicht erwiderte.

„Wolltest du nicht aufholen? Jetzt stehts zweiundzwanzig zu sechs, das ist ja gar nicht so ganz schlecht. Zweimal gewonnen!"

„Ha, ha", erwiderte Fanette gedankenverloren.

Moumouche packte die Spielsteine zusammen.

„Konnte dein Nachbar dir weiterhelfen?"

Fanette zuckte mit den Schultern. Ihr ging immer noch dieses „es hat sich nicht ergeben" durch den Kopf. Dieser kleine Satz hatte ihre Begeisterung für das Dorf keineswegs gemindert, sondern sich wie ein Stachel in ihren Gedanken festgesetzt. Irgendetwas stimmte nicht damit. Aber sie wusste nicht, was.

„Hallo, Grüblerin!" Moumouche knotete die Schnüre an seinem Rucksack zusammen.

„Sollen wir heute blau machen, oder wie stellst du dir den Tag vor? Wenn nicht, müssen wir uns langsam etwas beeilen!"

„Was? Na klar gehen wir in die Schule! Bist du denn noch nicht fertig?" Fanette riss sich von ihren Grübeleien los und sprang auf.

Sie waren ein Team, ein gutes Team und irgendwie unschlagbar, wenn es darum ging, nicht in eine Sackgasse zu geraten.

Beide schnappten sich ihre Rucksäcke und rannten lachend los. Als sie auf die Straße stürmten, hätten sie fast ein Paar um-

gerannt, das gerade auf dem Weg in das Café im Erdgeschoss des Hauses war.
„Alles nur, weil du so lange mit deinem Hausfreund gequatscht hast!", rief Moumouche.
Fanette schubste ihn an den Straßenrand. „Pass auf, du Araberhirni, werd du erst mal fünfundneunzig!"
„Klar werd ich das", feixte Moumouche, „und Hirn haben wir Araber, da kannst du dir noch eine Scheibe davon abschneiden!"
„Ah, oh, fängst du jetzt wieder mit den Zahlen an, die ihr angeblich erfunden habt? Ach nein, das waren ja die Inder! Das Rechnen mit unbekannten Größen ist angeblich auf eurem Mist gewachsen. Dafür sollte man euch heute noch teeren und federn!!"
Moumouche legte im Laufen den Kopf in den Nacken und lachte noch lauter. „Die Erfindung der Null – das kann nur jemand, der selbst keine ist, du kleines Baguettebrötchen!"
Dann waren sie bei der Métrostation angekommen.
Auf dem Bahnsteig fuhr die Métro in Richtung Saint-Lazare gerade ein.
Fanette und Moumouche ließen sich auf zwei freie Plätze fallen und schnauften. Da fiel Fanette die erste Nachricht von Moumouche ein, die sie in aller Frühe bekommen hatte.
„Was war das eigentlich mit dem Eis heute Morgen? Gibst du eines aus?"
Moumouche kramte sein Handy heraus und suchte etwas. Dann hielt er es Fanette unter die Nase.
„Schau hier, was erkennst du?"
Fanette nahm das Handy und betrachtete das Bild, das auf dem Display zu sehen war. Im dreckigen Schnee lagen schwarze Kleidungsstücke, ein verdrehtes Stück Stoff, vielleicht ein Mantel mit einem Buch darin. Daneben eine altmodische Glasflasche und zwei schwarze Damenschuhe mit Nägeln unter der Sohle.
„In diesem einen Schuh steckt ja noch ein Strumpf, ein

schwarzer Damenstrumpf, als hätte jemand den Fuß herausgezogen und der Strumpf wäre drin stecken geblieben."

Moumouche schnalzte mit der Zunge.

„Der Fuß steckt auch noch drin, oder das, was von ihm übrig geblieben ist."

Ein merkwürdiges Gefühl zwischen Ekel und Faszination erfasste Fanette.

„Im Ernst? Das ist eine Tote?"

„*Zwei* Tote, um genau zu sein", antwortete Moumouche. „Ein Ehepaar, Marcelin und Francine. Bauern aus den Schweizer Alpen. 1942 sind sie auf zweitausendsechshundert Meter Höhe aufgestiegen, um ihr Vieh zu füttern, das dort auf der Alm weidete. Irgendwas muss passiert sein, irgendein Bergunfall, dann hat das Eis sie eingeschlossen und fünfundsiebzig Jahre lang konserviert."

Fanette vergrößerte das Bild noch einmal und schluckte.

„Mehr Fotos hast du aber nicht?"

„Nein, keine Sorge, es gibt keine Bilder von den Leichen. Aber sie müssen noch ziemlich lebensecht ausgesehen haben."

„Uh", Fanette schüttelte sich, „das ist ja spooky!"

Moumouche grinste. „Zeitmaschinenmäßig, nicht wahr! Stell dir vor, du tauchst nach fünfundsiebzig Jahren wieder auf und siehst genauso aus wie mit siebenunddreißig oder zweiundvierzig, so alt waren die beiden, glaube ich."

„Gabs noch irgendwelche Angehörigen?", fragte Fanette.

„Eine Tochter, das jüngste der acht Kinder, die die beiden hatten. Sie hat wohl sofort geahnt, dass das ihre Eltern sind."

Fanette reichte Moumouche das Handy zurück und schaute aus dem Fenster der Métro. Im dunklen Tunnel wurde es zu einem riesigen Display. Auf dem sah sie eine alte Frau, die glücklich war, ihre Eltern wiederzusehen. Sie waren niemals so alt geworden wie sie selbst. Die Kinder, die ohne ihre Eltern aufwachsen mussten, hatten sich wahrscheinlich tausend Geschichten ausgedacht, wo die beiden wohl geblieben waren. Und hatten gewartet und gewartet. Dabei lagen die Eltern tot im Eis, tot und doch nicht tot. Wann war jemand wirklich tot? Wenn niemand sich mehr an einen erinnerte?

„Fandest du das jetzt so schockierend?", fragte Moumouche, als sie in die nächste Haltestelle einfuhren, „oder was ist los? Ist doch krass, vielleicht kann man sich ja auch als Lebender einfrieren lassen und wird dann irgendwann hundert Jahre später wieder aufgetaut und lebt munter weiter. Da schafft man locker drei-, vierhundert Jahre!"

„Und du wirst der arabische Erfinder dieses ewigen Lebens sein?"

„Warum nicht?"

7
Aron Schatz, fünfundneunzig Jahre alt, nach einem anstrengenden Vormittag hat er jetzt endlich gefrühstückt und sitzt nun in einem Sessel, der fast so alt ist wie er selbst

Susinka, meine kleine, schwarzlockige Susinka.

Seitdem Fanette vorhin bei ihm gewesen war, standen die Tore in die Vergangenheit plötzlich ganz weit offen. Kein schwarzer Vogel lauerte. Aron Schatz wurde von goldglänzenden Erinnerungen fortgetragen.

Es musste so ungefähr 1935 gewesen sein. Er war zwölf. Die Mamme hatte ihn in das Dorf geschickt, in dem die Verwandten wohnten, Tante Jenny, ihr Mann Onkel Max und die Kinder Susi und Wolfgang. Außerdem gab es da noch Tante Lena, die Schwester von Onkel Max, und ihren Vater, den alten Onkel Josef. Es war Pessach und außerdem waren Osterferien und Aron sollte auf dem Land seinen hartnäckigen Husten auskurieren.

Den ganzen Winter über war er den nicht losgeworden, deshalb hatte ihm der Arzt sogar noch eine Woche über die Ferien hinaus freigegeben. Als er daran dachte, sah er plötzlich Susinka vor sich. Susinka, die kleine, dralle, freche Susinka, die alle Susi nannten, nur seine Mamme nicht. Sie sagte Susinka, weil das in ihrem polnischen Schtetl alle so gemacht hätten, und deshalb tat er das auch und konnte nie anders an sie denken, als eben so. Susinka.

Susinka an ihrem ersten Schultag.

Wie hatte sie diesem Tag entgegengefiebert! Die ganze Ferienzeit über und selbst an Pessach jeden Tag dieselbe Frage: Gehe ich heute in die Schule? Sie sehnte sich danach, endlich mit den Mädchen vom Schreierhof, mit denen aus der Jennerstraße und dem Alten Fließ zusammen zur Schule zu gehen. Und dann war der Tag tatsächlich gekommen, sie durfte endlich die neue Schürze über das karierte Kleid anziehen, bekam einen ledernen Ranzen auf die Schultern gesetzt und konnte losstiefeln. Den Ranzen hatte Aron ihr mitgebracht, denn er brauchte ihn nicht mehr, seitdem er auf die Oberschule ging, und ehrlich gesagt, er war sogar froh, dass Susinka ihn nun hatte.

„Bring mich!" Kaum hatte Susinka den Ranzen auf dem Rücken, nahm sie seine Hand.

„Ich? Aber Wolfgang hat doch denselben Weg!"

„Ist mir egal, du sollst mitgehen!", hatte sie beschlossen und duldete keine Widerrede.

Aber wie sollte Aron diesem süßen Ding auch widersprechen! Sie blitzte ihn mit ihren dunklen Augen an und lächelte dieses freche, verschmitzte Lächeln, das sein Herz zum Schmelzen brachte. Er kam überhaupt nicht auf die Idee, *nicht* mitzugehen, auch wenn sie ein lästiger Vogel war, denn den ganzen Weg über hüpfte sie an seiner Hand, sodass die hölzerne Federdose in ihrem Ranzen nur so klapperte. Als die beiden bei der Schule angekommen waren, warf sie ihm eine Kusshand zu und rannte hinein.

Aron war noch vor dem Eingang der Schule stehen geblieben, bis der letzte Schüler darin verschwunden war. Er war nicht der Einzige, einige Eltern waren ebenfalls mitgekommen und hatten ihren Sprösslingen, die zum ersten Mal in die Schule gingen, mit dem Taschentuch hinterher gewunken, als gingen sie auf große Fahrt und kämen nie mehr zurück. Albern, einfach nur albern, dachte Aron. Zwei Männer waren bei diesem Begleitcorso dabei, die Aron ins Auge stachen, zwei Braunhemden. Aron Schatz versuchte, die beiden SA-Männer aus seiner Erinnerung zu vertreiben. Er wollte ungestört weiter an Susinka denken und dabei waren diese beiden nur im Weg. In ihren braunen Hemden, den Reithosen, die an den Oberschenkeln ausgebeult waren wie Ballons, den schwarzen Stiefeln und dem Lederriemen quer über dem Hemd waren sie einfach nur lächerlich. Ein solcher Aufzug passte nicht in ein Bauerndorf! Er passte nirgendwohin, sondern machte nur Ärger. Seitdem die Nationalsozialisten zwei Jahre zuvor, am 30. Januar 1933, an die Macht gekommen waren, hatte sich in Köln vieles verändert. Nicht nur die aufdringlichen blutroten Fahnen der Nationalsozialisten mit dem schwarzen Hakenkreuz auf weißem Grund hingen an vielen Häusern, plötzlich wurden Juden lauthals beschimpft oder sogar auf der Straße verprügelt. Jüdische Geschäfte wurden von den Nationalsozialisten in ihren braunen oder schwarzen Uniformen überfallen und geplündert. Am 1. April 1933 riefen die Nazis einen allgemeinen Boykott jüdischer Geschäfte, Warenhäuser und anderer Betriebe aus. An Läden, in die alle Menschen gleich welcher Religionszugehörigkeit bisher, ohne sich darüber Gedanken zu machen, einkaufen gegangen waren, stand plötzlich: *Kauft nicht beim Juden. Juden sind unser Unglück.* Auch jüdische Rechtsanwälte und Ärzte konnten ihre Kanzleien und Praxen dicht machen und jüdische Bankinstitute wurden ebenfalls geschlossen.

Deutsche, wehrt euch! war auf Schildern zu lesen. Deutsche? Welche Deutschen sollten sich hier wehren? Die Juden *waren* Deutsche! Was sonst? Die Mamme schüttelte den Kopf und sagte: „Was für Zeiten! Hoffentlich ist der Spuk bald vorbei."
In Fliesteden war es nicht ganz so schlimm. Dort gab es keine Ärzte und Rechtsanwälte und nur wenige Läden. Die meisten Leute waren Bauern und versorgten sich selbst. Aber Nationalsozialisten gab es natürlich auch hier. Und diese Braunhemden da am Schultor waren auf jeden Fall zwei von ihnen. Sie taten auf einmal so, als gehöre das Dorf ihnen, zwei Wichtigtuer, die den Aufstieg der Nazis dazu genutzt hatten, ihre mickrigen Egos aufzupolieren. Aron Schatz schob sie mit aller Kraft an den Rand seiner Erinnerungen und kehrte zurück zum Haus seiner Verwandten.

Was hatte er an diesem Vormittag gemacht, als alle Kinder wieder zur Schule gingen und er sehen musste, wo er blieb? Normalerweise war es nicht schwer gewesen, eine Beschäftigung zu finden. Er hätte Tante Jenny in der Küche helfen können. Doch wenn Tante Lena in der Nähe war, verzog er sich lieber. Sie war zänkisch und meckerte an allem herum. Tante Jenny dagegen war immer freundlich, sang versonnen vor sich hin, wenn sie ihre Arbeit machte, und war kein bisschen sauer, wenn seine Hosen mal wieder geflickt werden mussten.

Trotzdem hielt er sich an diesem Vormittag lieber an die Männer. Onkel Max und Onkel Josef, der Großonkel, waren beide Viehhändler und Metzger, da gab es immer etwas zu tun. Doch an diesem 24. April war immer noch Pessach, der vorletzte Tag der jüdischen Feiertage, an denen nicht gearbeitet wurde. Die Männer machten nur, was unbedingt nötig war. Sie gingen hinüber zum genau gegenüberliegenden Schreierhof, um eine Kuh zu kaufen, denn sobald die Feiertage vorüber waren, wollten sie wieder schlachten. Beim Bauern Schreier sahen sie sich eine Milchkuh an, die zu alt war, um noch länger Milch zu geben. Aron betrat mit ihnen zusammen den viereckigen Platz des Hofes, um den die Ställe und Wohngebäude herum gebaut waren. Der alte Schreier begrüßte sie kurz und knapp und ging mit ihnen an einem der dämmrigen Stallgebäude vorbei zur dahinterliegenden Wiese. Aron war schon oft hier gewesen. Susinka, Wolfgang, die Schreierkinder Änni und Monika und er trafen sich jeden Tag. Sie halfen den Knechten, die Tiere zu füttern, stapelten Holz oder holten Stroh vom Boden, um es in die Ställe zu streuen. Es war selbstverständlich, dass sie zusammen spielten, von Ma Schreier Butterbrote oder eine Tasse frischer Milch bekamen.

Als er jetzt mit den Onkeln am Gatter angekommen war, hinter dem die alte Kuh auf der Weide graste, musste er dort stehen bleiben, während die Männer den eisernen Riegel anhoben und hindurchgingen. Onkel Max sah sich die in die Jahre gekommene Milchkuh genau an. Er hob einen Hinterlauf hoch, fühlte ihr unter den Bauch und klopfte auf die Flanken.

„Dreihundertfünfzig, mehr wird es nicht sein", sagte er und besah sich Kopf und Maul des Tieres genauer.

„Fünfhundert, auf jeden Fall. Das sieht doch ein Blinder", entgegnete der alte Schreier.

Onkel Max zog eine Augenbraue hoch.

Es begann, was zu jedem guten Kaufgespräch dazugehörte. Die Viehhändler schätzten das Gewicht des Tieres so niedrig ein, wie es eben ging, und blieben auch mit dem Preis zunächst am unteren Rand der Möglichkeiten.

Aron spürte von hinten Ma Schreier hinzukommen. Sie tauchte immer auf, wenn irgendwo Entscheidungen zu treffen waren. Sie blieb neben Aron stehen, legte die Unterarme aufs Gatter und schaute zu den Männern hinüber.

„Diese Kuh wiegt immer noch gut und gerne ihre vierhundertfünfzig Kilo", rief sie zu den Männern hinüber.

Aron sah, dass sie sich so schnell nicht einig werden würden. Einem Kauf gingen immer mehrere Verhandlungsrunden voraus, bevor sie die Sache per Handschlag abschlossen. Aber der würde noch eine Weile auf sich warten lassen.

Aron schlenderte zurück über den Hof bis auf die Straße. Mit einem Ast zog er eine gerade Linie quer über den staubigen Weg. In einem Abstand von fünf großen Schritten zog er parallel dazu eine zweite Linie. Dann nahm er die Glasmurmeln aus der Hosentasche und hockte sich hin, um sie nacheinander so nah wie möglich an die gegenüberliegende Linie zu werfen. In diesem Moment sah er Onkel Max und Onkel Josef vom Schreierhof zurückkommen. Im gleichen Augenblick tauchten von der Jennerstraße her die beiden Braunhemden auf. Sie gingen in Richtung der beiden Onkel und Aron saß mit seinen Murmeln genau zwischen den Männerpaaren. Er wartete noch, bis die beiden Braunhemden vorüber waren, erst dann begann er die bunten Kugeln zu werfen. Dabei hörte er, wie sie im Vorübergehen riefen: „Passt auf, ihr beiden Halsabschneider, bald machen wir kurzen Prozess mit euch! Heil Hitler!"

Aron wandte sich um und sah, wie die beiden sich plötzlich in Hampelmänner verwandelten und – wie an Fäden gezogen – aus der normalen Gangart in einen militärischen Stechschritt wechselten. Als wollten sie ihre Drohung damit noch unterstreichen. Und noch einmal wurde an einem Faden gezogen und sie rissen den rechten Arm in die Höhe und riefen wieder: „Heil Hitler!"

So marschierten sie nach links um die Ecke und waren nicht mehr zu sehen.

Onkel Max und Onkel Josef hatten sich währenddessen kommentarlos in ihr Haus verzogen.

Monsieur Schatz war es nicht gelungen, diese Szene aus seiner Erinnerung zu vertreiben und er fragte sich, warum ihm diese Situation damals kein bisschen Angst eingejagt hatte.

Vielleicht lag es daran, dass er aus Köln noch viel mehr Braunhemden gewohnt war, und dort konnten sie wirklich unangenehm werden. Wenn sie in großen Trupps singend in Formation durch die Straßen marschierten, waren sie nicht zu übersehen und riefen noch ganz andere Dinge: Jude verrecke, wie oft hatte Aron das schon gehört.

In der Kölner Südstadt gab es jedoch mindestens ebenso viele Kommunisten. Mit ihnen lieferten sich die Nationalsozialisten erbitterte Straßenschlachten. Lief so ein brauner Trupp durch die Elsass-Straße, warfen die Bewohner der Häuser den Inhalt ihrer Mülleimer und Nachttöpfe aus den Fenstern. Da bekamen die Nazis genau die braune Scheiße auf den Kopf, die zu ihnen passte. Seine Mamme ließ Aron dann nicht mehr hinaus auf die Straße.

„Wir leben in unruhigen Zeiten", sagte sie, „aber das geht vorüber. Warts nur ab, Jingele, auch dieser Herr Hitler und seine Braunhemden sind nur ein winziger Furz in der Geschichte."

Machale sagte das in fast einwandfreiem Hochdeutsch, und das bedeutete, dass sie es sehr ernst meinte.

Aron warf eine weitere Runde Murmeln vor dem Haus von Tante Jenny und Onkel Max über den staubigen Weg und schaffte es beim nächsten Mal, zwei von ihnen ganz nah an die gegenüberliegende Linie zu werfen. Er übte für später, wenn er gegen die anderen Kinder antreten würde. Das tat er konzentriert, aber doch so selbstverständlich, dass noch Platz für andere Dinge in seinem Kopf war. Er dachte darüber nach, wie das wohl gewesen sein mochte mit diesem Auszug aus Ägypten, an den zu Pessach gedacht wurde. Letzte Woche, am Sederabend, hatte der Großonkel erst wieder die Geschichte vorgelesen. Auch vor ein paar tausend Jahren mussten die Juden leiden, aber Gott schickte den Ägyptern eine Plage nach der anderen, bis der Pharao die Juden endlich mit ihrem Anführer Mose ziehen ließ. Aron stellte sich immer einen langen Zug von Menschen vor, die, bepackt mit Taschen und Koffern, durch die Wüste marschierten. An der Spitze Mose, der Bescheid wusste und ihnen den Weg ins gelobte Land zeigte. Der Weg war anstrengend und die Juden beschwerten sich bei Mose darüber. Aber auch da hatte Gott ihnen geholfen, hatte Manna und Wasser geschickt, damit sie Essen und Trinken hatten.

Was würde Gott ihnen wohl heute schicken?

Aron hoffte, dass er ihnen bald etwas Manna-Ähnliches schicken würde, denn auch wenn die Juden heute keine Sklaven mehr waren, leicht hatten sie es nicht.

Susinka. Kleine, schwarzlockige Susinka.

Er hörte, wie sie hinter seinem Rücken vom anderen Ende der Straße herangehüpft kam. Als er sich umwandte, stand Susinka schon an der Haustür, den Schulranzen auf dem Rücken und in der Hand eine Schiefertafel, auf der stand: *Mein erster Schultag.* Sie drehte sich gerade noch einmal um, weil jemand ihren Namen gerufen hatte. Das war Blatte Hennes mit seinem Fotoapparat, der alle Kinder im Dorf fotografierte, die an diesem Tag in die Schule gekommen waren. „Warte mal!", hatte er gerufen und Susinka war stehen geblieben, hatte mit der rechten Hand jedoch vorsichtshalber schon an den Türknauf gefasst, bevor sie sich umgewendet und Hennes angeschaut hatte. Dabei hatte sie ihr typisches kleines forsches Lächeln um den Mund gehabt, das Aron Schatz, der diese Szene vom Gehweg aus beobachtet hatte, nie mehr aus dem Sinn gegangen war.

Und auch ihre Stimme hatte er noch im Ohr. Rau und dunkel war sie, mit einem samtigen Glanz, obwohl Susinka doch noch ein kleines Kind gewesen war. Sie schmeichelte sich in sein Ohr, und in seinem Inneren blühte Freude auf.

8
Susinka, mehr als eine Erinnerung, wohnhaft: Ja, wo wohnen die Toten? Irgendwo zwischen Himmel und Erde

Aron, ach, mein liebster Aron! Niemand erinnert sich mehr an uns, aber er hat uns noch nicht vergessen. Und vielleicht hat das auch der eine oder andere alte Fliestedener nicht, falls er sich erlaubt, daran zu denken, dass wir einmal zu diesem Dorf dazugehörten. Doch wahrscheinlich ist es leichter, solche Gedanken beiseitezuschieben. Wer will schon diese alten Geschichten hören, die so fern sind wie ein Planet im Weltall. Denen, die damals dort lebten und heute immer noch da sind, geht es gut, auch ohne diese Erinnerungen. Sie haben ihr Leben gehabt. Vielleicht war es nur ein Zufall, aber sie haben gelebt. Sie haben ihr Haus behalten oder ein neues gebaut, sie haben Kinder bekommen und sicher auch Enkel. Ich werde am Ende immer dreizehn sein, so wie Wolfgang immer fünfzehn sein wird. Kein Haus, keine Kinder, keine Enkel. Wer soll sich an uns erinnern, wenn auch Aron tot ist? Wenn sie ihn unter die Erde bringen, dann sind wir endgültig verlöscht. Nichts existiert dann mehr von uns.

9
Aron Schatz, fünfundneunzig Jahre alt, erschöpft

Monsieur Schatz horchte noch eine Weile in die Stille seines Zimmers hinein. Wenn er Susinka vor sich sah und ihre Stimme hörte, breitete sich eine schmerzhafte Sehnsucht in seinem alten Körper aus und raubte ihm den Atem. Einen Moment lang stellte er sich tot und wartete ab, bis das Schlimmste vorüber war. Dann reckte er sich ein wenig in die Höhe, bewegte den rechten Arm langsam und schwerfällig nach links und öffnete die Schublade des Schränkchens, das ganz in seiner Nähe stand. Er tastete eine Weile herum, doch er fand weder die Fotos noch den Briefumschlag. Schwerfällig ließ er sich zurück in den Sessel fallen. Wo hatte er ihn nur hingetan? Der kleine vergilbte Zettel war so dünn, fast zerfiel er, deshalb hatte er ihn irgendwann in einen Briefumschlag gesteckt! Oder ließ jetzt auch sein Gedächtnis nach?

Nachdem Fanette ihm erzählt hatte, dass sie vier Wochen in Deutschland verbringen würde, war ihm das zerbrechliche Stück Papier sofort in den Sinn gekommen. Jahrzehnte hatte er nicht daran gedacht, und da kam es plötzlich aus der Tiefe seiner Erinnerungen an die Oberfläche wie ein Walfisch, der aus dem Meer herausschießt, um Luft zu holen.

Er musste wohl danach suchen. Auch wenn er keine Ahnung hatte, in welchem Schrank, in welcher Kiste oder in welchem Koffer er anfangen sollte. Er wusste, es würde ihn Stunden kosten, mühsame Stunden, schließlich hatte er die Bilder und diesen Zettel lange nicht mehr in der Hand gehabt. Aber er musste ihn unbedingt finden.

10
Fanette hat einen Entschluss gefasst und bereut ihn sofort wieder

Am späten Nachmittag saßen Fanette und Moumouche wieder zusammen in der Métro. Das Gespräch mit der Lehrerin, die für den Auslandsaufenthalt zuständig war, hatte länger gedauert als gedacht. Madame Boissard hatte sofort und noch zusammen mit Fanette angefangen, alle Möglichkeiten zu erforschen, die es im Umland von Köln gab. Die Angebote von Familien und

Einzelpersonen, vier Wochen lang eine französische Schülerin bei sich aufzunehmen, waren in diesem Jahr erstaunlich groß. Am Ende sah es so aus, als könnte das, was Fanette sich vorstellte, tatsächlich Wirklichkeit werden. Die Aussicht auf ein Mädchen, das sogar Deutsch sprach und zum Babysitten bereit war, hatte wohl den Entschluss mancher Familie beflügelt. Madame Boissard war zuversichtlich und würde Fanette in zwei bis drei Tagen Bescheid geben.

„Jetzt musst du es nur noch deiner Mutter beibringen", sagte Moumouche. „Aber ich werde dich heldenhaft unterstützen!"

Fanette war nicht sicher, ob es wirklich eine gute Idee war, ihren Freund zu diesem Gespräch mit Maman mitzubringen. Wenn er bei ihr auftauchte, sagte Maman so etwas wie: „Moumouche, was ist das für ein komischer Name? Du bist erst vierzehn! Mach mir bloß keinen Ärger!"

Maman war echt peinlich.

„Er ist nur ein Freund, ein guter Freund, kapiert?"

Die blöden Gedanken ihrer Mutter konnten Fanette verdammt wütend machen. Und wie sollte Moumouche ihr helfen, wenn es um den Auslandsaufenthalt ging? Maman den Mund zuhalten?

„Musst du nicht heim in dein Ghetto?", fragte Fanette.

Moumouche grinste breit. „Meinst du etwa, ich will Tante Marwa über den Weg laufen? Sie ist seit drei Wochen zu Besuch bei uns, putzt und kocht wie eine Wahnsinnige und blockiert fünf Mal am Tag das Wohnzimmer, denn – oh Gott – so oft muss sie beten. Ein Albtraum!"

„Ja, und ihr unheilige Bagage betet etwa nicht?" Fanette wusste, wie sie Moumouche auf die Palme bringen konnte.

„Ahlan wa sahlan, willkommen im Reich der Fantasie", schnaubte er, „beten ist okay, aber man muss es nicht übertreiben! Und keiner soll glauben, er hätte schon alle Weisheit gepachtet, wenn er nur ein paar Worte murmelt." Moumouche kam in Fahrt und machte dabei ein Gesicht, als hätte er etwas Ungenießbares gegessen.

„Widerlich, diese bärtigen Typen, die wie Schmeißfliegen unser Hochhausviertel umkreisen, immer auf der Suche nach neuen Opfern. Kommt in die Moschee, ihr prächtigen Söhne des Propheten! Ihr werdet die Verheißung Allahs erleben. Blablabla. Ich könnte kotzen."

Fanette konnte nicht anders, sie musste lachen.

„Du bist total ungerecht!", rief sie. „Nur, weil jemand in die Moschee geht, ist er doch noch lange kein Spinner oder Terrorist!"

Moumouche warf sich gegen die Rückenlehne der Bank.

„Natürlich nicht! Aber die paar Fanatiker versauen den Ruf der vielen, die damit nichts zu tun haben! Oder was glaubst du, warum jeder sofort einen Araber vor Augen hat, wenn irgendwo was passiert?"

Das war keine wirkliche Frage, deshalb sagte Fanette nichts, sondern schaute aus dem Fenster. Sie hatten schon oft darüber diskutiert, woran es lag, dass die arabischen Jugendlichen in den Pariser Vorstädten von Zeit zu Zeit ihrem Frust Luft machten, Autos anzündeten und Steine warfen. Ihre Zukunftsaussichten waren schlecht, sie hatten kaum Chancen, gute Schulen zu besuchen und irgendwann gute Jobs zu bekommen.

„Sag mal, Moumouche", begann Fanette", weißt du eigentlich noch mehr übers Beten?"

„Meinst du, ob ich ein Spezialist bin für den heißen Draht nach oben? Was man halt so weiß", antwortete er, wieder etwas ruhiger.

Fanette wand sich ein bisschen, denn wieder kam das alte unangenehme Gefühl in ihr hoch. „Wenn einer ein Tuch um die Schultern legt, ein kleines schwarzes Kästchen auf der Stirn hat und ein Lederband um den Unterarm gewickelt und dann auch noch mit dem Oberkörper vor und wieder zurück wippt ..."

„Dann ist er mit Sicherheit ein Jude!", beendete Moumouche ihre Frage. „Wieso willst du das wissen?"

„Ach nur so."

„Nur so? Blödsinn! Auf der Straße ist dir bestimmt niemand in diesem Aufzug begegnet! Die Juden haben viel zu viel Schiss, als Juden erkannt zu werden. Schon krass, dass das nie aufhört! Auf der Straße tragen sie höchstens eine Kippa, ein kleines flaches Käppchen, auf dem Kopf. Sieht aus wie eine Untertasse. Das Kästchen auf dem Kopf und das Lederband am Arm haben sie nur beim Beten an."

Fanette staunte nicht schlecht. „Respekt, du kennst dich ja verdammt gut aus!"

„Tja, man sollte seine Feinde kennen!" Moumouche grinste und Fanette verdrehte die Augen.

„Was ist das denn jetzt wieder für ein Spruch? Hört sich fast genauso an wie: Alle Araber sind Terroristen!"

„Okay, okay", Moumouche grinste noch breiter, „schon klar. War nur ein Witz. Aber die besten Freunde sind Juden und Araber nun wirklich nicht."

Die Métro hielt und sie mussten aussteigen.

Als sie zehn Minuten später in die Rue de Bercy einbogen, stand vor der Nummer 2 ein weißer Krankenwagen, an dem das Blaulicht noch blinkte.

Fanette blickte Moumouche erschrocken an, dann rannte sie hinauf in die dritte Etage. Die Wohnungstür auf der linken Seite stand offen. Außer Atem lief sie in den Flur, in dem ihr zwei Sanitäter entgegenkamen.

„Ist er ...?" Fanette brachte den Satz nicht fertig. In ihrem Schädel hämmerte es: Nein, nein, nein, es ist noch viel zu früh!

„Noch mal Glück gehabt", sagte der eine der Männer und drängte sich im engen Flur an ihr vorbei. „Sie sollten den Opa nicht so viel alleine lassen!" Dann waren die beiden auch schon weg.

Fanette betrat das Zimmer, in dem Monsieur Schatz in seinem geschwungenen Bett zwischen den großen Kissen fast versank. Sofort hob er seinen rechten Arm, der in einem weißen Verband steckte.

„Nicht erschrecken!", rief er eilig. „Das ist nichts, nur eine kleine Verstauchung. Ich weiß nicht, warum die Sanitäter so ein Theater deswegen machen."

Fanette setzte sich vorsichtig auf die Bettkante.

„Wie ist das passiert?"

„Ach, ich habe nur etwas gesucht." Monsieur Schatz sah Fanette liebevoll an. „So viele Schränke, Koffer und Kisten, und dann all das Bücken und Aufstehen und Recken und Heben und Kramen. Die reinsten Turnübungen!"

„Warum hast du nicht gewartet bis ich zurückgekommen bin?" Fanette war erleichtert, doch im selben Moment wurde ihr klar, dass sie vielleicht erst morgen oder übermorgen oder in vier Tagen wieder vorbeigeschaut hätte. Ein Glück, dass Monsieur Schatz nach seinem Sturz das Telefon erreicht hatte!

„Man kann sich auch mit fünfundneunzig nicht wirklich vorstellen, dass man irgendetwas nicht mehr schafft, das man doch immer geschafft hat!", sagte er bedauernd und streckte den gesunden linken Arm nach Fanette aus, um ihre Wange zu streicheln.

„Mach dir nicht solche Sorgen!" Dann blickte er zur Zimmertür und fragte: „Wen hast du da mitgebracht?"

Moumouche? Ach, der war ja auch noch da.

„Einen Freund."

Doch Fanette wollte sich nicht ablenken lassen, denn sie hatte einen weiteren Entschluss gefasst. Sie nahm die Hand von Aron Schatz jetzt in ihre eigene und sagte mit fester Stimme: „Das darf nicht wieder passieren! Ich komme jetzt jeden Tag. Versprochen. Morgens, mittags und abends, wenns sein muss. Und ich fahre nirgendwohin, in keine Stadt und auch in kein Dorf, ich bleibe einfach hier."

Er durfte nicht allein bleiben und sie musste noch so viel von ihm erfahren,

Monsieur Schatz runzelte die Stirn, dann lächelte er wieder und drückte nun Fanettes Hand so fest, dass sie sich ein bisschen darüber wunderte.
„Oh, nein!"
Er schüttelte den Kopf.
„Du musst fahren! Du wünschst es dir schon so lange. Und außerdem – ich *will*, dass du fährst!"

11
Monsieur Schatz ist glücklich und ein bisschen aufgeregt, obwohl ihm der Arm weh tut

Aron Schatz hörte die Tür ins Schloss fallen und schloss die Augen.

Dieser Arm, dieser blöde Arm! Er versuchte, ihn so wenig wie möglich zu bewegen, auch wenn das kaum ging, wollte er nicht wie eine Sardine in der Dose in seinem Bett liegen bleiben. Hunger hatte er zwar selten, aber irgendetwas musste doch in diesen alten Körper hinein, damit er nicht auch noch die restliche Kraft verlor, die in ihm steckte. Er überlegte, wie er es anstellen sollte, sich in der Küche ein Brot zu machen. Während er mit Fanette gesprochen hatte, hatte er völlig vergessen, sie um ein kleines Abendessen zu bitten.

Jetzt drifteten seine Gedanken wieder ab.

Dieser Moumouche! Aron Schatz hatte keine Vorstellung davon gehabt, welche Freunde Fanette hatte. Der war ein echtes Prachtexemplar. Vielleicht ein bisschen zu viel Speck auf den Hüften, aber ein fester Blick, der geradeaus schaute, Anteil nahm. Monsieur Schatz war von dieser Kraft beeindruckt und dachte gleichzeitig daran, was für ein dünner Hering er selbst in dem Alter gewesen war.

Nie hatte er einen solchen Sohn gehabt. Nach dem Krieg, nach Kanada, war er zwar verheiratet gewesen, doch Kinder waren nicht gekommen. Damals war das vielleicht sogar besser gewesen. Zu sehr waren ihnen die Dämonen der Vergangenheit auf den Fersen gewesen, täglich hatten sie damit zu kämpfen gehabt. Wer sollte sich da vernünftig um Kinder kümmern? Dann war seine Frau Marlén früh gestorben. Fanette war das erste Kind, dem er Geschichten erzählen konnte, mit dem er fast unbeschwerte Stunden verbracht hatte. Da hatte er sein achtzigstes Lebensjahr schon überschritten!

Aron Schatz atmete tief ein und aus und ließ die Bilder ihrer Spaziergänge an sich vorüberziehen. Was für ein Glück, dass ihm diese späte Freude geschenkt war!

Dann fiel ihm der Zettel wieder ein.

Er griff nach dem Buch, das jetzt neben ihm auf der Kommode lag und zog den Briefumschlag heraus. Er hatte ihn tatsächlich gefunden! Nachdem er in so vielen Ecken gestöbert hatte, war er ihm endlich in der Innentasche eines alten Jacketts in die Finger gefallen. Drei Fotos steckten ebenfalls darin. Jahrelang hatte er das alles dicht an seinem Herzen bei sich getragen, bevor Fotos und Zettel zusammen mit dem Jackett für viele Jahre in einem Schrank gelandet waren.

Jetzt klappte er den Umschlag auf, zog das kleine, vergilbte Stück Papier heraus und faltete es vorsichtig auseinander. In altmodischen geschwungenen Buchstaben stand darauf gedruckt: *Gottfried Johnen, Schneidermeister, Damen – Herren – Maßarbeit, Hindenburgstraße 22, Stommeln.* Was handschriftlich darunter vermerkt war, konnte er nicht entziffern. Aron Schatz kniff die Augen zusammen. Oder doch: *Ein schwarzer Damenmantel, zur Aufbewahrung.*

Gab es eine Chance? Eine winzig kleine Chance? Aron Schatz schloss die Augen und drückte das Papier vorsichtig an sich. Er musste noch eine Weile durchhalten. Er musste!

12
Wolfgang, Susis Bruder, auch er aus einer schmerzhaften Ferne

Auf einmal war es da. Das Schild auf dem Wiesenstück, das bei Grüters am Garten vorbeiführte. Ein kleiner Holzpflock, an den ein Holzbrettchen genagelt war. Jeder im Dorf, der zum Fliestedener Bach wollte, nahm den Weg über dieses Wiesenstück, grüßte, wenn zufällig jemand im Garten zu sehen war und unterhielt sich mit Dicke Toms oder Grüters Änni, wenn sie den Kopf hoben und eine Pause vom Unkrautzupfen in den Gemüsebeeten machten.

Hin und wieder, wenn das Gras hoch stand, nahm Dicke Toms die Sense aus dem Schuppen und führte sie mit gleichmäßigen, lautlosen Bewegungen durch die Halme. Dann rechte er die feuchten, duftenden Grasbüschel zusammen und verfütterte sie an die Karnickel.

Für Hunde und Juden verboten!

Ich hatte im Vorübergehen zufälligerweise nach rechts hinüber geschaut und das Holzschild sofort gesehen. Unwillkürlich hatte ich mich gefragt, ob es Dicke Toms beim Sensen nicht stören würde? Jetzt musste er doch um das Schild herum schneiden.

Für Hunde und Juden verboten!

Wollte Dicke Toms eine Parkanlage aus der Wiese vor seinem Haus machen? Gab es jemanden, der trotzdem darüber laufen durfte?

Ich muss zugeben, dieses kleine Schild blieb mir vollkommen schleierhaft.

13
Fanette braucht gar nicht viel zu sagen

„Würdest du das wirklich machen?" Fanette sah ihren Freund Moumouche ungläubig an. „Auch wenn er Jude wäre?"

„Hä? Wieso? Ist doch scheißegal, was er ist, Hauptsache er ist nett!"

Fanette hatte immer noch Zweifel. „Aber was wird deine Mutter dazu sagen?"

„Meine Mutter?" Moumouche lachte kurz und spöttisch auf. „Glaubst du im Ernst, eine arabische Mutter widerspricht ihrem Sohn? Sie wird sich freuen, dass ich es schon in meinem jugendlichen Alter bis ins zwölfte Arrondissement geschafft habe. Den Park vor der Tür, die Seine knapp dreihundert Meter entfernt – du ahnst nicht, wie lange jemand aus Clichy-sous-Bois braucht, um hierhin zu gelangen! Und damit meine ich nicht die Métro."

Moumouche machte eine kleine Pause. „Platz genug hat er doch, oder?"

Fanette nickte. „Er muss nur noch einverstanden sein."

„Wir werden sehen. Sprich du jetzt erst mal mit deiner Mutter! Sie kommt doch sicher gleich nach Hause. Deshalb hau ich jetzt am besten ab."

Moumouche nahm seinen Rucksack auf die Schulter, verabschiedete sich mit einer flüchtig erhobenen Hand und trat hinaus in den Hausflur. Sein Blick fiel auf die gegenüberliegende Wohnungstür, hinter der Monsieur Schatz in seinem Bett lag.

Plötzlich sah er diesen Hausflur mit anderen Augen.

„Bis morgen!", hörte er Fanettes Stimme hinter sich. Schon fiel ihre Tür ins Schloss. Moumouche blickte noch einmal zurück, dann hüpfte er die einzelnen Treppenstufen hinunter und hatte das Gefühl, dass sie ein klein wenig nachgaben. Gleichzeitig hörte er jemanden von unten heraufkommen. Im ersten Stockwerk traf er auf Fanettes Mutter. Sie blieb stehen, als sie ihn herunterkommen sah. Ihre hochhackigen Pumps baumelten in ihrer rechten Hand.

„Bonsoir, Madame!", sagte Moumouche artig und starrte auf ihre Zehen in den hauchdünnen Seidenstrümpfen.

„Bonsoir", erwiderte Christine Lagrange und sah automatisch auch auf ihre Zehenspitzen. „Bist du schon einmal zwölf Stunden in solchen Schuhen gelaufen?", fragte sie ernst und als wäre es das Normalste der Welt. „Sei froh, dass dir das in deinem Leben erspart bleibt!"

Moumouche grinste, wich zur Seite aus und wünschte ihr einen schönen Abend.

Wenige Minuten später hörte Fanette, dass die Wohnungstür geöffnet wurde.

Christine Lagrange warf ihre Schuhe in eine Ecke und schmiss den Mantel an den Garderobenhaken, wo er schief und wie eine abgezogene Haut hängen blieb.

„Fanette?"

Christine Lagrange öffnete erst die Wohnzimmer-, danach die Küchentür und schaute kurz hinein. Dann war sie schon wieder im Flur und wandte sich dem nächsten Zimmer zu.

„Maman?"

Fanette saß am Küchentisch und konnte es nicht fassen. Ihre Mutter hatte sie übersehen.

Im nächsten Moment kam sie mit großen Augen wieder herein.

„Ach, du bist doch hier!" Christine Lagrange goss sich Wasser in ein Glas und setzte sich Fanette gegenüber.

„Gibt es etwas Neues?"

Mein Gott, du Ahnungslose! Was ging alles an Maman vorbei, wenn sie den ganzen Tag immer nur in ihrem Laden stand!

„Monsieur Schatz ist gestürzt und die Ambulanz war da."

„Ist er ernsthaft verletzt?"

Keine Sorge, du musst dich nicht um ihn kümmern!
„Nur ein verstauchter Arm. Ich kümmere mich drum."
Christine Lagrange zog eine Augenbraue hoch. „Du?"
Sie machte eine kleine Pause.
„Du fährst doch bald weg! Wer soll sich dann um Monsieur Schatz kümmern?"
Fanette nahm die Ellbogen vom Tisch und sah ihre Mutter direkt an.
„Alles schon organisiert."
Die Augenbraue blieb oben.
„So, so, alles schon organisiert! Hast du eine Krankenschwester eingestellt oder was?"
Fanette hatte keine Lust, ihrer Mutter die ganze Sache zu erklären. Maman war ja selbst schuld, dass sie nie da war und man sich nicht mit ihr beraten konnte. Dem auffordernden Blick ihrer Mutter hielt sie mühelos stand.
Da läutete das Telefon.
Maman stieß einen kleinen Seufzer aus, ging nach nebenan und hob den Hörer ab.
Ein später Schmuck-Vertreter? Ein Liebhaber?
Das Gespräch zog sich in die Länge.
Fanette hörte genauer hin, konnte jedoch nicht verstehen, wer dran war oder worum es ging. Maman war erstaunlich einsilbig. Es dauerte fast zehn Minuten, bis sie zurück in die Küche kam.
Als sie sich wieder auf den Stuhl setzte, wirkte sie ziemlich angespannt.
„Hast du das also auch alleine entschieden", stieß sie bitter hervor. „Madame Boissard hatte *gute* Nachrichten für dich!"
Fanette war ehrlich erstaunt. So schnell sollte das jetzt gegangen sein? Hatte die Lehrerin tatsächlich schon mit einer Familie sprechen können? Und sogar eine Zusage bekommen? Wo?
Die Gedanken überschlugen sich, doch ihr Hals war wie zugeschnürt, denn Fanette erwartete, dass im nächsten Augenblick

der übliche Wasserfall an Vorwürfen und Geschimpfe über sie hereinbrechen würde.

Doch ihre Mutter sah nur auf die Tischplatte und schwieg. Und schwieg.

Dieses Schweigen machte Fanette hilfloser als jeder Zornesausbruch.

Schließlich sah Maman zur Seite und sagte merkwürdig leise und mit großen Pausen zwischen den einzelnen Sätzen: „Muss ich mich also wirklich damit abfinden? ... Ich dachte mit vierzehn wäre man noch ein Kind. ... Alles geht so schnell ..."

„Maman!", stöhnte Fanette.

Irgendwie tut sie mir ja leid, dachte Fanette. Wenn da bloß nicht dieses Selbstmitleid wäre. Was kann ich dafür, dass sie nichts von meinem Leben mitkriegt?

Fanette wollte, dass ihre Mutter sie wenigstens ansah. Doch die warf im Aufstehen nur einen halbherzigen Blick zu ihr herüber, berührte mit den Fingern der rechten Hand kurz die Tischplatte und sagte: „Gute Nacht, ich muss dringend schlafen."

14
Aron Schatz, im Himmel auf der Erde

Sie kam tatsächlich.

Morgens stellte sie ihm eine Tasse Tee ans Bett und eine in kleine Stückchen geschnittene Scheibe Brot in Reichweite. Auf dem Tisch stand jetzt eine Flasche Wasser und in der Küche ein kleiner Topf Suppe auf dem Herd. Manchmal auch Gemüse.

Er fühlte sich ein bisschen wie im Paradies.

Immer, wenn Fanette zu ihm kam, strahlte sie und fragte wieder und wieder nach seiner alten Heimat Köln und dem Dorf in der Nähe. Ihre Hartnäckigkeit gefiel ihm.

Wenn sie gegangen war, sonnte er sich wieder in diesem goldhellen Licht, das ihn von irgendwoher erfasste. Da saß er dann plötzlich in seinem anderen Paradies auf dem Stuhl kippelnd am Küchentisch und Tante Jenny stellte die gebackenen Pfannkuchen auf den Tisch. Susinka kam verschlafen angelaufen und verkroch sich unter seinem Arm.

„Liest du mir was vor?", fragte sie als Allererstes. Dass sie selbst einmal in die Schule gehen würde, daran dachte sie damals noch nicht. Ihr Bruder Wolfgang verschüttete die Milch beim Eingießen und schlürfte sie dann von der Tischplatte.

Tante Jenny, die sanftmütige Tante Jenny, wischte den Rest mit dem Lappen weg und verlor kein Wort darüber.

Dann kam Onkel Max herein und sagte: „Was ist denn hier schon wieder los?" Das sollte streng klingen, doch seine Augen sprachen eine andere Sprache. Mit den immer halb heruntergelassenen Augenlidern verfügte er über einen verträumten Blick, der jeden Ernst durchkreuzte und Aron Schatz als Kind immer wieder zum Lachen gebracht hatte. Hinzu kam, dass sein linker Mundwinkel ein bisschen höher saß als der rechte. Das gab seinem Gesicht stets etwas hintergründig Lächelndes, das bestens zu seinem musikalischen Talent passte. An manchen Schabbat-Abenden, wenn die Vorhänge vor den Fenstern den Rest des Dorfes ausschlossen und alle Gebete gesprochen waren, holte er seine Fiedel heraus und begann zu spielen. Jiddische Lieder sang er dazu, in die Tante Jenny einzustimmen versuchte. Doch ihr Jiddisch war nicht annähernd so gut wie seines. Trotzdem machte ihnen das Singen großen Spaß, denn plötzlich waren sie alle mittendrin in jahrhundertealtem jüdischem Leben, seinem Witz und der Schwermut, die oft darin lag, und stimmten ein in die Melodien, die schon Generationen von Juden vor ihnen gesungen hatten. Susi und Wolfgang waren die Ersten, die anfingen, zu dieser Musik zu tanzen, und sie sprangen so lange um Aron herum, bis auch er endlich mitmachte.

Onkel Max und Tante Jenny verstanden sich gut. Obwohl er

vierzehn Jahre älter war als sie, waren sie einander ebenbürtig und jeder merkte, wie sehr sie einander schätzten. Nur Tante Lena, die Schwester von Onkel Max, die, wie Großonkel Josef, ebenfalls mit im Haus wohnte, war ein echter Zankteufel, der an allem herummeckerte. Wenn sie am Erlös der verkauften Rinderhälften, der Würste und des Schinkens nicht so beteiligt wurde, wie sie sich das dachte, konnte sie fuchsteufelswild werden.

„Hab ich nicht mitgearbeitet? Hab ich mir nicht die Finger schmutzig gemacht?", schrie sie dann und machte ein Mordsgezeter, bis Onkel Max sie am Arm packte und aus der Küche hinauswarf. Besser ist es, auf einer Dachecke zu wohnen, als ein zänkisches Weib im gemeinsamen Haus zu haben, zitierte er einen Spruch aus der Tora und warf die Tür hinter ihr zu. Manchmal konnte auch Onkel Max richtig wütend werden.

Aron Schatz kam gleich noch eine andere Situation in den Sinn, in der er den Onkel wütend gesehen hatte. Wütend, aber mehr noch fassungslos.

Es war im selben Sommer gewesen, im Juni 1933, wenige Monate nachdem Adolf Hitler und seine Nationalsozialisten an die Macht gekommen waren. In Fliesteden stand das große Verbandsfest des Kameradschaftlichen Kriegervereins bevor. In diesem Verein versammelten sich die Männer, die als Soldaten 1870/71 gegen die Franzosen und im Ersten Weltkrieg 1914 bis 1918 in Frankreich, England und Belgien, in Serbien, Rumänien oder Russland gekämpft hatten. Sie hatten gekämpft und waren als Helden zurückgekehrt. Im Dorf genossen sie hohes Ansehen, auch wenn bei Weitem nicht alle stolz auf ihre Heldentaten waren. Für alle Kinder des Dorfes waren sie Vorbilder und schon Tage vor dem Fest wurden Stöcke und Hölzer gesammelt, die sich in Gewehre und Messer verwandelten, mit denen auch Wolfgang und Aron herumstolzierten.

Einige Männer des Kriegervereins machten sich im Juni 1933 daran, eine Festschrift herauszugeben. Darin sollte auch ein Foto zu sehen sein, das alle Veteranen aus Fliesteden auf einem Bild vereinte.

Der Onkel hatte bereits seinen besten Anzug angezogen und wollte sich gerade auf den Weg ins Vereinsheim machen, wo das Foto aufgenommen werden sollte, da kam Blatte Hennes vorbei. Aron Schatz, der die Sommerferien in Fliesteden verbrachte, sah ihn mit dem Stativ auf der Schulter zur Tür hereinkommen.

„Jüdde Mäx, es tut mir leid", begann er und wischte sich dabei mehrmals umständlich über den struppigen roten Schnauzbart.

„Was tut dir leid?", fragte Tante Lena ungeduldig.

Blatte Hennes druckste herum. „Das Foto. Die wollen dich nicht. Es tut mir wirklich leid." Er drehte sich um und war so plötzlich, wie er erschienen war, wieder verschwunden.

Onkel Max, der gerade angefangen hatte, seine Krawatte zu binden, war völlig entgeistert. Er sah Tante Jenny an, die den Blick senkte. Onkel Max' Augen schienen zu fragen: War das eine Erscheinung oder die Wirklichkeit?

Tante Jenny holte hinter ihrem Rücken ein Blatt Papier hervor, das sie bisher verborgen gehabt hatte.

„Max, dieser Brief kam vorgestern schon, aber ich konnte es nicht glauben."

Sie reichte dem Onkel das Papier und der setzte sich damit an den Küchentisch. Augenblicklich scharten sich Susi, Wolfgang und Aron um ihn wie ein kleiner Schwarm Fliegen um einen Kuhfladen und versuchten, einen Blick auf den merkwürdigen Brief zu werfen.

Aron war damals der Einzige unter den Kindern, der schon lesen konnte.

„... müssen wir Sie davon in Kenntnis setzen, dass es nach neuer Sachlage dem NS-Zellenleiter Josef Mies nicht zuzumuten ist, mit einem Juden zusammen abgebildet zu werden ...."

Einer der Braunhemden, und zwar der mit der größten Klappe, weigerte sich, mit Onkel Max zusammen fotografiert zu werden. Als hätte Onkel Max plötzlich eine ansteckende Krankheit, als würde seine schiere Anwesenheit die Übrigen beflecken.

„Ich bin seit fünfzehn Jahren im Kriegerverein", sagte er, „ich bin vor keinem Trommelfeuer davongelaufen. Ich habe für das Vaterland gekämpft, ohne auf mein eigenes Leben zu achten. Dafür bin ich mit dem Eisernen Kreuz ausgezeichnet worden."
Onkel Max schluckte. „Das alles soll jetzt nichts mehr gelten, nur weil ich Jude bin?"
Tante Lena schlug die Hände über dem Kopf zusammen und rief: „Oh weh, oh weh, diese Menschen sind ja meschugge geworden!"

15
Wolfgang, wieder diese Stimme aus dem Irgendwo

Wir verstanden nichts von all dem. Susi war erst vier, ich gerade sechs geworden und der große Aron war schon zehn. Es war, als würde Papa Chinesisch reden. Juden waren wir? Na klar, das wussten wir doch. Wir feierten samstags Schabbat und gingen in die Synagoge. Die übrigen Leute gingen in die Kirche. Aber ansonsten waren wir doch genau wie alle anderen. Wieso war es plötzlich schlimm, Jude zu sein? Wir waren doch Deutsche, genau wie die Schreiers, Bäcker Schumacher, Müllers und Schmidts! Wir trugen die Holzgewehre über der Schulter, marschierten wie die anderen Kinder im Dorf umher und spielten die Schlacht an der Marne nach, in der unsere Väter gekämpft hatten. Und anders als 1914 gewannen wir Deutschen die Schlacht diesmal. Das Bild meines Vaters, wie er da am Küchentisch saß und plötzlich nur noch ein Jude war, ging mir nicht mehr aus dem Kopf. Mit mir würde das keiner machen, schwor ich mir. Ich würde Arzt werden und eine Medizin entdecken, die ansteckende Krankheiten heilen kann. Dann würde mich niemand als Jude beschimpfen.

16
Monsieur Schatz bereut die Abwege, auf die er immer gerät

„Das war eine dermaßen gemeine und hinterhältige Ungerechtigkeit, die sie da mit Onkel Max veranstaltet haben!" Aron hatte alles so deutlich vor sich gesehen. Jetzt sah er sich verwirrt um.

Wie immer führte das Paradies geradewegs in die Hölle.

17
Zu treuen Händen 1

„Bist du wirklich sicher, dass du in dieses Dorf willst?"
Als Fanette das nächste Mal bei Monsieur Schatz auftauchte, sagte er nicht *Bonjour* und erkundigte sich auch nicht, wie ihr Tag gewesen war, sondern rief ihr genau diese Frage zu, als er sie zur Wohnungstür hineinkommen hörte.

„Du willst wirklich in dieses Dorf?"
Fanette stellte die Einkaufstasche ab und setzte sich, mit nassen Gummistiefeln an den Füßen, an sein Bett.

„Klar will ich in dieses Dorf!"
Sie sah, wie sich auf dem Teppich zu ihren Füßen ein kleiner Fleck bildete.

„Soll ich etwa vier Wochen lang jeden Tag ein anderes Museum besuchen, mir fünfhundert Kirchen anschauen oder einen Shopping-Rekord aufstellen? Nein, Monsieur Schatz, dazu hab ich keine Lust."

Aron Schatz grinste und dachte: „Du willst also vor allem etwas ganz anderes als deine Mutter!"

Laut sagte er: „Du möchtest lieber die Menschen kennenlernen?"

Fanette nickte. Und ich möchte etwas von deiner Vergangenheit kennenlernen, dachte sie.

„Aber jetzt muss ich erst mal die Stiefel ausziehen. Schau nur, der Teppich ist schon ganz nass!" Fanette stand auf und zog sich im Flur die Regensachen aus.

„Ach, der Teppich!" Monsieur Schatz machte sich keine Sorgen um dieses alte Ding.

„Die Leute auf dem Dorf, weißt du, die sind nicht so einfach. Es dauert manchmal lange, bis man mit ihnen warm wird."

„Hast du auch lange gebraucht?", rief Fanette aus der Küche.

„Ich? Ich war doch Verwandtschaft."

Gleichzeitig dachte Aron Schatz: „Aber das schützt keineswegs davor, irgendwann nicht doch ein Fremder zu werden."

Fanette sah ihn an, wie er da in seinem Bett lag, hin und her gerissen zwischen Freude und Zweifel. So viel hatte er ihr mittlerweile von früher erzählt – fürchtete er sich jetzt etwa davor, dass sie den Ort seiner Kindheit erkundete?

„Ich werde bei einer Familie wohnen, die in diesem Dorf zu Hause ist. Das ist wenigstens ein bisschen wie Verwandtschaft, oder?"

Fanette brachte einen Teller mit Oliven und reichte ihn Monsieur Schatz.

„Weißt du schon, wie diese Familie heißt?", fragte er und versuchte mit einer kleinen Gabel eine der Oliven aufzuspießen, die immer wieder wegrutschte.

„König", antwortete sie. „Kanntest du sie?"

Monsieur Schatz runzelte die Stirn. „König? Gab es damals nicht."

„Bestimmt?"

„Ganz bestimmt! Ich kannte das ganze Dorf. Alle kamen zu meinem Onkel ins Haus, wenn sie Fleisch brauchten oder wenn sie eine Kuh kaufen oder verkaufen wollten. Susi, Wolfgang und ich spielten nicht nur auf der Straße, sondern auf vielen Höfen und in fast allen Gärten. Damals war es ein wenig so, als wären wir die Kinder aller Familien gewesen, und alle Erwachsenen waren ein bisschen unsere Eltern." Niemand hätte sich vorstellen können, dass das einmal aufhören würde.

„Da wäre ich auch gerne aufgewachsen!", sagte Fanette.

Monsieur Schatz lachte ein kurzes, trockenes Lachen.

„Das", begann er, „glaube ich nicht."

„Lebten damals viele Juden in diesem Dorf?", wollte Fanette wissen.

Monsieur Schatz schluckte. Wie kam Fanette plötzlich darauf? Sie hatten nie darüber gesprochen. Er blickte auf seine Hände, sah auf und schaute Fanette fragend an. Aber sie hatte *ihm* eine Frage gestellt.

„Nur eine Familie."

Aron Schatz hatte noch nie mit irgendeinem Menschen darüber gesprochen.

„Deine Verwandten?"

Er nickte. Und suchte nach Worten. Es waren ja nur ein paar Namen. Sein Hals war plötzlich zugeschnürt und die Zunge klebte am Gaumen.

Fanette wartete.

„Susi und Wolfgang?"

Aron Schatz wusste längst, dass es kein Zurück gab.

„Das waren die Kinder von Tante Jenny und Onkel Max."

„Waren sie so alt wie du?"

„Jünger. Wolfgang vier und Susi sechs Jahre jünger."

Er schloss kurz die Augen und atmete tief durch. Dann griff Monsieur Schatz neben sich nach dem Buch und zog die Fotos heraus.

„Hier."

Fanette nahm die drei kleinen Schwarz-Weiß-Bilder mit dem gezackten Rand und betrachtete sie.

Ein kleines Mädchen an einer hölzernen Haustür mit einem altmodischen Schulranzen auf dem Rücken und einer Schiefertafel in der Hand. „Mein erster Schultag" stand mit Kreide darauf geschrieben. Sie schaute nicht steif, sondern ganz unverstellt in die Kamera, als hätte der Fotograf sie gerade in diesem Moment überrascht. Susi. Ein ganz normaler deutscher Name.

Auf dem nächsten Bild waren zwei Erwachsene zu sehen. Tante Jenny, die duftigen Haare zurückgekämmt und im Nacken zusammengebunden. Eine schöne, freundliche Frau. Onkel Max dagegen hatte ein irgendwie schiefes Gesicht und einen verschleierten Blick. Er trug einen kleinen Oberlippenbart direkt unter der Nase. Ob das damals Mode gewesen war?

Fanette schob das nächste Foto von hinten nach vorne.

Darauf waren gleich sechs Kinder zu sehen, in zwei Reihen aufgestellt. Fünf Mädchen, ein Junge. Sie erkannte sofort das Schulkind mit dem dunklen Pagenschnitt wieder. Susi. Jetzt hielt sie in der einen Hand einen Ball, die andere hatte sie dem Jungen zu ihrer Linken auf die Schulter gelegt. Das musste Wolfgang sein. Er sah seinem Vater ähnlich! Das weiße Hemd, das er trug, war etwas aus der Hose gerutscht. Es sah aus, als hätten die Kinder gerade eben noch gespielt, bevor der Fotograf kam und sagte: „Stellt euch mal schnell auf, ich mache ein Bild von euch!"

Fanette musste lächeln.

„Wer sind die anderen Kinder hier auf dem Foto?", fragte sie und reichte Aron Schatz das Bild hinüber. Er warf einen kurzen Blick darauf.

„Nachbarskinder."

„Und, Monsieur Schatz, wo bist *du* da?", fragte Fanette ein bisschen aufgeregt.

„Keine Ahnung. Ich war nicht dabei, als das Foto gemacht wurde. Ich war ja nur in den Ferien im Dorf."

„Gibt es kein Foto von dir als Kind?"
„Nein."
„Kein einziges?"
„Nicht, dass ich wüsste."
Fanette war enttäuscht. Kein Foto! Sie dachte an die unendlich vielen Fotos, die Maman von *ihr* als Kind gemacht hatte! Und sie würde niemals wissen, wie der fünfundneunzigjährige alte Freund einmal ausgesehen hatte.
„Schade."
Fanette legte die Fotos auf den Nachttisch.
„Können deine Kindheitsfreunde hier noch eine Weile bei uns bleiben?"
Sie betrachtete die fröhliche Schar und fragte sich wieder, was wohl aus ihnen allen geworden war.
Als sie aufstand, um in die Küche zu gehen, schloss Aron Schatz die Augen und versuchte vergeblich, an nichts zu denken.

18
In einer Sommernacht vor langer Zeit

„Aron, siehst du den kleinen Sternenhaufen da oben?"
„Wo?"
„Na, da oben, direkt über uns!"
Susinka und Aron lagen mitten in der Nacht im Garten auf der Wiese. Die Grillen zirpten so ungeheuer laut, es klang, als sägten sie alle gemeinsam an einem Brett. Irgendwo brüllte eine Kuh. Leises Stimmengemurmel wehte aus der Ferne heran. Es war heiß, nicht einmal in der Nacht konnte man es im Haus aushalten.
„Meinst du diesen da?"
„Ja, diesen kleinen Sternenhaufen!"
„Und was ist damit?"
„Das sind wir."

Aron prustete und versuchte gleichzeitig, das Lachen zu unterdrücken.

„Susinka, das sind Sterne! Millionen Lichtjahre entfernt!"

„Nein, Aron, das sind wir! Ich meine, das sind wir, wenn wir nicht mehr da sind."

Aron lachte lauthals. Sein Lachen perlte durch die Nacht, kam aber gegen Susis triumphierenden Blick nicht an.

„Susch, erst mal leben wir und das hoffentlich noch lange!"

„Sehr lange!" Susinka drehte sich auf die Seite und schaute Aron an. „In der Tora steht, dass unser Stammvater Abraham hundertfünfundsiebzig Jahre alt war, als er starb."

Aron, der sich ebenfalls auf die Seite gedreht hatte, riss einen Grashalm aus und kitzelte Susinka damit an der Nase.

„Und das willst du also auch schaffen! Hundertfünfundsiebzig Jahre? Na, dann viel Spaß. Schau dir mal Truderichs Kathi an, die älteste Frau im Dorf, die ist fünfundachtzig und so krumm wie eine Gurke. Ich glaub nicht, dass die noch hundert Jahre mehr leben will."

Susinka riss ihm den Grashalm aus der Hand. „Hast du sie gefragt? Außerdem sind es nur neunzig Jahre bis zu Abrahams hundertfünfundsiebzigstem."

Aron gluckste vor sich hin. „Bist ja ein Schlaukopf", erwiderte er, „gerade mal ein Jahr in der Schule und so gut im Rechnen! Damit kannst du Buchhalterin werden!"

Susinka stützte sich auf ihren Unterarm.

„Quatsch", sagte sie, „ich werde Sternenforscherin!"

Dann beugte sie sich näher zu Aron hinüber und pustete in sein Ohr: „Großer, dummer Aron!"

19
Zu treuen Händen 2

„Moumouche, vielleicht sagst du am besten erst mal gar nichts!"
Als Fanette am nächsten Tag die Tür zur Wohnung von Monsieur Schatz aufschloss, war sie nicht allein.
„Und ich hoffe, es macht dir nichts aus, dass es manchmal ein bisschen komisch riecht in der Wohnung. Mach einfach öfter mal das Fenster auf. Oder bezieh das Bett neu. Noch besser wäre es, wenn du Monsieur unter die Dusche stellen würdest. Vielleicht lässt er sich ja von dir helfen."
Moumouche griff nach der Türklinke und hielt sie einen Augenblick lang fest.
„Fanette, kannst du jetzt endlich still sein oder soll er das alles mitkriegen?! Du bist ja schlimmer als eine gewisse Madame Lagrange!"
Fanette zog eine Grimasse.
„Spinner!"
Dann gingen sie endlich in die Wohnung hinein.
„Monsieur Schatz?" Fanette war überrascht, ihn nicht in seinem Bett vorzufinden, und schaute sich um.
„Hallo Fanette, bringst du endlich mal wieder deinen Freund mit!"
Aron saß im Sessel am Fenster. Er hatte sich sogar rasiert und ein frisches Hemd angezogen.
„Wie war noch mal der Name?"
„Moumouche. Also eigentlich Mohammed, aber alle nennen mich Moumouche – außer Tante Marwa, sie findet, Moumouche, das ist eine Verunglimpfung des Propheten. Zu verweichlicht!"

Aron Schatz lachte. „Als könnten ein paar Buchstaben dem Propheten auch nur das Geringste anhaben!"

„Seh ich genauso!" Moumouche nahm einen Stuhl und setzte sich ebenfalls ans Fenster.

Fanette runzelte im Stillen die Stirn. Na, das ging ja ziemlich schnell mit den beiden!

Sie nahm ebenfalls einen Stuhl. „Moumouche! Rück mal ein bisschen zur Seite, damit ich zwischen euch passe."

„Eine richtige kleine Gesellschaft!", stellte Monsieur Schatz befriedigt fest, als er sich umschaute. „Ist deine Mutter schon zu Hause? Ich möchte euch nämlich zur Abwechslung heute gerne zum Essen einladen."

„Aber –"

„Keine Widerrede, Fanette! Du kochst hier jeden Tag und jetzt will ich mich endlich mal dafür bedanken. Außerdem geht es mir heute so gut wie lange nicht mehr. Und du fährst in ein paar Tagen nach Deutschland! Wenn das kein Grund zum Feiern ist."

„Ja, nur noch ein paar Tage." Fanette lächelte schief. „Und dann bin ich vier Wochen nicht da und kann weder kochen noch einkaufen. Deshalb ...", sie holte tief Luft, „hab ich Moumouche mitgebracht und –"

„Ich zieh einfach hier ein und es gibt kein Problem! Okay?" Moumouche hatte das Herumreden satt.

Monsieur Schatz sah Moumouche an, dann Fanette und dann wieder Moumouche.

„Wirklich?"

Auf eine solche Idee wäre er selbst nie im Leben gekommen. Sie war überwältigend, denn in Sekundenbruchteilen begriff er, dass es genau das war, was er sich insgeheim gewünscht hatte.

„Aber du gehst zur Schule und deine Eltern wissen Bescheid und sind einverstanden?", fragte er vorsichtshalber.

Moumouche grinste lässig. „Ehrenwort!"

Monsieur Schatz hob beide Arme und ließ sie im nächsten Augenblick wieder fallen.

„Es gibt noch Zeichen und Wunder!", rief er. „Platz ist ja genug. Schaut doch mal in das kleine Zimmer nebenan. Da steht sogar eine Schlafcouch. Räumt alles weg, was euch im Weg ist, und macht es bequem für meinen arabischen Freund!"

Monsieur Schatz lachte.

„Darf ich dich so nennen?"

„Aber klar!"

„Und beeilt euch! Den Tisch unten im Bistro habe ich für sieben Uhr reserviert."

20
Jetzt aber wirklich: Abschied

Der Zug ging früh. Trotzdem ließ es sich Fanette nicht nehmen, an diesem Morgen noch bei Monsieur Schatz vorbeizuschauen. Sein Klopfen an der Wand neben ihrem Bett war deutlich gewesen.

„Bist du aufgeregt?", fragte Aron Schatz.

„Eher müde!" Fanette gähnte und beneidete ihn ein bisschen um sein geschwungenes Bett. Moumouche, der seine erste Nacht in dem kleinen Zimmer nebenan verbrachte, hatte es gut, er schlief noch.

„Lass ihn bloß ausschlafen, ist doch Sonntag heute", sagte Aron. „Und verabschiedet habt ihr euch ja gestern schon. Wann musst du los?"

Liebevoll betrachtete er Fanettes schwarzen Lockenkopf. Dieses hartnäckige Mädchen!

„In einer halben Stunde. Maman bringt mich zum Gare du Nord. Ein echtes Opfer am Sonntagmorgen."

Monsieur Schatz musste über Fanettes spöttischen Tonfall

lachen. „Sei nicht so streng mit deiner Mutter, sie würde halt auch gerne mal ausschlafen!", sagte er.

Ihm selbst waren Bahnhöfe verhasst. Zu oft war er unfreiwillig dorthin gebracht worden und hatte nicht gewusst, wo die Reise enden würde. Doch daran wollte er weiß Gott nicht denken. Es war vielmehr Zeit für die kleine Schachtel.

„Fanette", sagte er, „schau doch mal in die oberste Schublade der Kommode da drüben. Da liegt etwas für dich."

Fanette riss die Augen auf. „Für mich? Ein Geschenk?" Schon war sie bei der Kommode und zog die Lade heraus. Bettwäsche lag darin, dicke weiße Laken und Kissenbezüge. Und in der Mitte oben drauf ein kleines hellblaues Kästchen. Sie nahm es heraus.

„Das hier?"

Aron Schatz nickte.

Fanette ließ die Lade, wie sie war, und setzte sich wieder zu ihm ans Bett. Dann hob sie vorsichtig und sehr gespannt den Deckel des Kästchens ab. Eng zusammengerollt lag dort ein dünnes Kettchen mit einem Anhänger.

„Eine Hand, eine kleine silberne Hand mit einem blauen Stein in der Mitte – wie schön das ist!"

„Das ist eine Chamsa, ein kleiner Glücksbringer. Viele Juden glauben, dass sie das Böse abwehren kann."

„Obwohl sie nichts, aber auch gar nichts abwenden kann", dachte er im Stillen.

„Sie soll dich begleiten, damit du mich nicht vergisst!" Monsieur Schatz versuchte sich an einem Grinsen, das ähnlich lässig aussehen sollte, wie das von Moumouche. „Dein Freund hat es für mich besorgt. Er wusste sofort, was ich meine. Die Muslime haben nämlich auch so etwas. Bei ihnen heißt sie die Hand der Fatima, bei uns die Hand Miriams."

Fanette strich über den blauen Stein. „Ihr habt ganz schön viele Gemeinsamkeiten", sagte sie lachend, dann legte sie sich das Kettchen um den Hals und beugte sich ein wenig nach vorne.

„Schau wie schön sie baumelt! Danke, danke, danke, Monsieur Schatz!"

Fanette warf ihm eine Kusshand zu.

„Das soll dich aber nicht davon abhalten, auch noch ein bisschen selbst auf dich acht zu geben!", sagte Aron und hob zur Bekräftigung seinen rechten Arm. Der Verband war längst wieder abgenommen.

„Darf ich noch einmal die Fotos sehen?"

Monsieur Schatz war erstaunt über diesen plötzlichen Themenwechsel und fühlte sich etwas überrumpelt.

„Die Fotos von Susi und Wolfgang und Tante Jenny und Onkel Max. Wenn ich doch jetzt in ihr Dorf fahre."

Aber du wirst sie dort nicht mehr finden, dachte Aron Schatz und griff schwerfällig nach dem Buch neben sich auf dem Nachttisch. In diesem Augenblick spürte er wieder den Schmerz in seinem Arm und das Buch fiel ihm hinunter. Fanette hob es auf und sammelte die Bilder ein, die herausgefallen waren. Sie schaute sie versonnen an und fand heute, dass Susi ein wirklich selbstbewusstes Mädchen gewesen sein musste. Sie war die jüngste auf dem Bild der eben noch Ball spielenden Kinder und sah den Fotografen an, als wollte sie sagen: Du störst!

„Wie ist es mit ihnen weitergegangen?", fragte Fanette.

Diese Frage war ein Stoß gegen die Brust.

„Ich weiß es nicht."

„Du weißt es nicht, Monsieur Schatz?"

Aron Schatz wand sich. „Der Krieg, weißt du."

Fanette holte ihr Handy aus der Hosentasche. „Ich fotografiere die Bilder, okay? Vielleicht kann ich ja jemanden fragen."

Aron Schatz stöhnte leise auf und machte eine Handbewegung, die bedeutete: Keine Chance. Doch Fanette ließ nicht locker. „Es muss doch noch Leute geben, die etwas wissen."

Vorsichtig schob sie die Fotos zurück ins Buch und legte es wieder auf die Kommode. Dabei fiel ihr Blick auf den weißen Briefumschlag, der auf dem Teppich lag.

„Oh, Monsieur Schatz, das hier ist aus dem Buch herausgefallen." Sie gab ihm den Briefumschlag in die Hand.

„Gibt es vielleicht doch ein altes Foto von dir und du willst es mir nur nicht zeigen?", fragte sie spitzbübisch und sah Aron Schatz erwartungsvoll an.

„Das? Ach, das ist nur ein Zettel." Er klappte den Briefumschlag auseinander und holte das Papier hervor.

„Darf ich sehen?"

Fanette nahm den Zettel, faltete ihn auseinander und las:
Gottfried Johnen, Schneidermeister, Damen – Herren – Maßarbeit, Hindenburgstraße 22, Stommeln.

Das Papier in ihren Fingern war so zart wie eine sehr dünne Haut. Fanette sah Aron Schatz fragend an. „Was ist das? Ein Abholzettel? Und was steht da noch drauf geschrieben?"

„Ein schwarzer Damenmantel – zur Aufbewahrung."

„Und Stommeln, wo ist das?"

Monsieur Schatz war es wieder sehr ungemütlich zumute.

„Stommeln ist ganz in der Nähe von Fliesteden, drei, vier Kilometer entfernt vielleicht. Aber auch diesen Schneider gibt es mit Sicherheit nicht mehr."

Fanette bohrte ihren Blick in den Zettel, als könnten die schwarzen Buchstaben ihr irgendeine Auskunft geben. Warum hatte sie dauernd das Gefühl, dass sich in diesem Dorf ein Geheimnis verbarg? Und wieso wusste Monsieur Schatz so wenig zu sagen?

„Der Mantel ... gehörte er Tante Jenny?"

Aron Schatz nickte.

„Sie hat ihn dem Schneider zur Aufbewahrung gegeben, bevor sie weg musste aus Fliesteden."

"Aber sie hat ihn nie abgeholt", stellte Fanette messerscharf fest. Sie fotografierte den Zettel ebenfalls.

21
Wenn von ihrem Mantel die Rede ist, ist Tante Jennys Stimme nicht fern

Diesen Zettel gibt es immer noch? Die Zeit hat ihn nicht pulverisiert oder zu Asche werden lassen? Dieser Zettel war meine Hoffnung. Er war so eine Art Garantie für mich, eine Garantie für die Zukunft. Ich weiß noch genau, wie ich deshalb mehrmals in Stommeln beim Schneidermeister Gottfried Johnen war. Ja, mit dem Bus bin ich gefahren, auch wenn das nicht ungefährlich war. Jeder wusste ja Bescheid, und der gelbe Stern auf meinem alten Mantel war das allen bisherigen Verordnungen angehängte Siegel, das den guten Deutschen bestätigte, dass sie im Recht und wir der Abschaum waren. Wir waren die Aussätzigen des Dorfes. Susi und Wolfgang durften längst nicht mehr die normale Schule besuchen, Max und Josef war es schon seit drei Jahren verboten, als Viehhändler und Metzger zu arbeiten. Sie waren dienstverpflichtet und mussten tun, was man ihnen zuwies. Ich ging nur noch selten und möglichst ungesehen hinüber auf den Schreierhof. Außer den Nachbarn dort sprach kaum noch jemand im Dorf mit uns. Die Hitlerjungen marschierten durch die Straßen und spuckten aus, wenn sie an unserem Haus vorüberkamen. Trotzdem hatte ich in diesem Winter plötzlich ein bisschen Glück. Ma Schreier hatte mir Geld zugesteckt. Ich war erschrocken, als wir uns an einem dunklen Abend auf der Straße begegneten. Ganz kurz blieb sie bei mir stehen und steckte mir mit einem stummen Gruß ein paar Geldscheine in die Schürzentasche.

Im ersten Augenblick glaubte ich zu träumen. Wenn Josef Mies oder ein anderer der Nazis im Dorf das gesehen hätte, wäre es uns beiden schlecht ergangen. Doch ihre unerwartete Zuwendung schien mir ein vages, aber doch gutes Zeichen zu sein. Es war schon das zweite Zeichen! Ungefähr zur gleichen Zeit machte nämlich die Nachricht die Runde, dass wir Juden umgesiedelt werden sollten. Der eine oder andere hatte die Reise schon angetreten, nach Riga, Minsk oder Litzmannstadt. Dort im Osten sollten wir eine neue Heimat bekommen und sogar Arbeit. Zwar in Arbeitslagern, aber egal, alles war besser, als hier nichts tun zu dürfen und von allem ausgeschlossen zu sein.

Plötzlich war da diese Hoffnung.

Teil 2

1
Agnes Stielow und das rote Haar

Sonntagmorgens, wenn Agnes Stielow die aufgegangene Sonne durch die Jalousie erahnte und ihr Mann schon aufgestanden war, um das Frühstück zu machen, zog sie noch einmal die Bettdecke bis zur Nase hinauf und dachte nach. Die halbe Stunde, bis der Kaffee fertig war, gehörte ihr ganz allein und sie ließ allen Gedanken freien Lauf. Meistens führten sie in die Vergangenheit, irgendein kleines Ereignis der letzten Tage verband sich automatisch mit einer Erinnerung. Gestern beim Einkaufen auf dem Markt war sie an einer Gruppe Jugendlicher vorbeigekommen, darunter war ein Mädchen mit flammend rotem Haar gewesen. Das Mädchen trug die widerspenstigen Locken offen und das Haar reichte ihm bis zum Po. Agnes Stielow konnte nicht anders, sie musste diese Haare anschauen, magnetisch war ihr Blick daran kleben geblieben und sie hatte sich sogar noch mehrfach danach umgedreht, als sie schon längst vorbeigegangen war. Was für eine Pracht. Und diese Unbekümmertheit. Die junge Frau stand da wie eine Königin in der Mitte ihrer Freunde und konnte sich ihrer Bewunderung sicher sein. Ihr hatte bestimmt noch nie jemand hinterhergerufen: „Fuss, kumm eruss, de Kirch is us, drusse steit dä Omnibus, alle Lückscher kumme rinn, nur der Fuss muss drusse sinn."

Wenn sie ihren Enkeln davon erzählte, musste Agnes Stielow den Spottgesang aus dem kölnischen Dialekt ins Hochdeutsche übersetzen, sonst verstand niemand ein Wort. Die Kinder wussten nicht, dass ein „Fuss" jemand mit roten Haaren war. Auf Hochdeutsch allerdings fühlten sich die Worte steif und eckig an, und Agnes Stielow erkannte sie kaum wieder: „Fuss komm heraus, die Kirche ist aus, draußen steht der Omnibus, alle Leute dürfen rein, nur der Fuss muss draußen sein!" Agnes Stielow musste lachen und hatte im nächsten Augenblick wieder den Dialekt im Ohr. Sie hörte die Stimme des Nachbarsjungen so klar und deutlich wie vor siebzig Jahren, als er ihr diesen Spruch jedes Mal hinterhergerufen hatte, wenn sie sich auf der Straße begegneten. Sie hasste ihn dafür und sie hasste ihre roten Haare und die dicken Sommersprossen auf der Nase gleich noch dazu. Und weil der Junge sah, wie sie sich ärgerte, sprang er wie ein Teufel immer weiter um sie herum und wiederholte das „Fuss kumm eruss" immer und immer wieder. Erst als der Großvater das Fenster oben in der Schneiderwerkstatt aufriss und einen strengen Blick nach unten warf, lief er davon. Sie war nach oben gerannt, dankbar für die stumme Rettung, und hatte an der Wolljacke des Großvaters ein paar Tränen vergossen. Auch seine Worte hörte sie noch deutlich.

„Weißt du, was du sagen musst?", hatte er ganz ruhig begonnen und dabei weitergearbeitet und eine Nadel in den Stoff gesteckt: „Fuss ist fein, blond ist gemein, schwarz kann jeder Drecksack sein!"

Wie gut das tat! Er brachte ihr bei, dass es einen Gegenzauber gab, und Agnes nahm sich vor, dem Nachbarsjungen diesen Spruch bei der nächsten Begegnung entgegenzuschleudern wie eine Kanonenkugel, damit er für immer still sein sollte.

Hatte sie das eigentlich jemals fertiggebracht? Agnes Stielow war sich nicht mehr sicher. Viel wichtiger war gewesen, dass der Schneidermeister Gottfried Johnen, ihr Großvater, ihr etwas gegeben hatte, an dem sie sich aufrichten konnte.

2
Viereinhalb Stunden

Der Kellner schob schon zum dritten Mal sein Wägelchen mit Kaffee, Tee, Limonaden und Süßigkeiten durch den engen Gang. Fanette musste jedes Mal den Rucksack, der zwischen ihren Beinen stand, ein wenig beiseite rücken, sonst kam der Getränkewagen nicht vorbei. Eng war es in diesem Zug und voll. Neben ihr saß ein ziemlich fülliger Mann, der kaum Luft zwischen den beiden Sitzen ließ. Es war schwierig, an ihm vorbei einen Blick aus dem Fenster zu werfen. Deshalb schaute Fanette die meiste Zeit in die andere Richtung, über den Gang hinweg in die gegenüberliegende Fensterreihe. Dort saßen drei Frauen, die sich unentwegt leise auf Russisch unterhielten. Ihre melodischen Worte ergaben ein sanftes Rauschen, das stillvergnügt vor sich hin plätscherte.

Fanette nahm ihr Handy aus der Tasche und schaute sich wieder die alten Fotos an. Was war aus Susi und Wolfgang, aus Jenny und Max geworden? Der Krieg hatte sie irgendwohin gespült, und die Verbindung zu ihnen war verloren gegangen. Warum hatte Aron Schatz sich damit abgefunden und nie nach ihnen gesucht? Vielleicht hatte er sie ja auch gesucht, aber nie gefunden. Menschen können doch nicht einfach verloren gehen!

Je länger Fanette darüber nachdachte und Aron vor sich sah, wie er ihr von früher erzählte, desto mehr kam ihr der Gedanke, dass diese Geschichte vielleicht auch eine andere Seite hatte, eine, über die er nie sprach. Wie schmerzhaft musste es für ihn sein, dass der Krieg sein Leben zerschnitten und ihn von seiner Kindheit abgetrennt hatte. Eine dunkle Ahnung machte sich in Fanette breit und sie spürte, wie ihr plötzlich Tränen in die Augen stiegen. Die Liebe und der Tod, das waren zwei Dinge, die einem den Mund verschlossen.

Pling – da war die erste Nachricht von Moumouche.
kannst du schon die alpen sehen?
In Erdkunde hast du null Punkte, oder?
okay, okay, wenigstens schon die erste mittelalterliche burg?
Bin gerade erst an Brüssel vorbei!!!!
aron grüßt dich! er macht sich gedanken, ob du auch nicht verhungerst auf der reise!
Ich bin viereinhalb Stunden unterwegs, nicht viereinhalb Tage!!!!
so kurz nur! ☺ gute fahrt.

Fanette tastete nach dem Schokoriegel, den sie noch nicht gegessen hatte. Mamans Stirnrunzeln, als sie sich den Riegel am Bahnhof gekauft hatte, stand ihr deutlich vor Augen. „Du bekommst doch ein Mittagessen im Zug!", hatte sie gesagt und Fanette mit ihrem strengen Blick jegliche Lust auf die Schokolade vermiest. Bis zuletzt wurde Christine Lagrange die Unzufriedenheit über die Wahl ihrer Tochter nicht los.

„Köln ist doch nur achtzehn Kilometer vom Dorf entfernt", versuchte Fanette, die Stimmung zu wenden. „Wenn es mir zu langweilig wird, steige ich einfach in den Bus und fahre hin!" Mamans Lächeln blieb trotzdem schief.

Fanette schloss die Augen und versuchte, ein bisschen zu schlafen. Der Tag hatte so früh begonnen. Doch da wurde auch schon das Mittagessen an ihren Platz gebracht. Unter der Abdeckung kamen ein kleines Schnitzel und Rosmarinkartoffeln zum Vorschein. Fanette musste lächeln, als sie den Schokoriegel im Miniformat sah, der als Dessert gelten sollte. Er schmeckte herrlich ungesund und nach Erdnüssen. Dann versuchte Fanette erneut zu schlafen. Jetzt ließen der volle Bauch, das Rattern des Zuges und das russische Gezwitscher von gegenüber sie tatsächlich einnicken. Über den Lautsprecher gelangte gerade noch „Nächste Station Aachen Hauptbahnhof" an ihr Ohr, dann bemerkte sie nicht einmal mehr, dass der Getränkewagen sie am Fuß berührte. Als der Zug in Köln-Deutz Station machte, schlug Fanette die Augen wieder auf und blickte schläfrig aus dem Abteilfenster.

„Ist das hier der Hauptbahnhof?", fragte sie ihren Sitznachbarn.

„Hauptbahnhof?" fragte der erstaunt zurück. „Aber da sind wir doch gerade schon gewesen!"

„Was?" schrie Fanette erschrocken, „das kann doch nicht wahr sein! Ich muss raus!"

Sie sprang aus ihrem Sitz, schnappte sich den Rucksack und die Reisetasche und stolperte durch den Gang zur Tür. Das Herz klopfte ihr bis zum Hals, als sie auf dem Bahnsteig stand und dem abfahrenden Zug hinterher sah. Wie kam sie jetzt die eine Station zurück? Und Sabine König, die sie abholen wollte, musste sie auch eine Nachricht schicken. Wahrscheinlich machte sie sich schon höllische Sorgen! Fanette kramte ihr Handy aus der Tasche. Im Zug hatte sie es auf lautlos gestellt und sah nun, dass sie schon drei Anrufe verpasst hatte. Na, das war ja eine tolle Ankunft!

Fünfzehn Minuten später jedoch, saß Fanette in einem Zug, der in die Gegenrichtung fuhr. Im Schritttempo fuhr er auf die Hohenzollernbrücke, die das rechte und linke Rheinufer miteinander verband.

Vom kleinen Türfenster aus sah Fanette unten im Fluss weiße Boote durchs Wasser ziehen. Spitzgiebelige Häuser säumten das Ufer, dann tauchten die mächtigen schwarzen Türme des Kölner Doms auf. Was für ein Empfang! Diese riesige Kathedrale war vielleicht nicht so elegant wie Notre Dame in Paris, aber so, wie der Dom hier direkt am Rhein stand und die Reisenden begrüßte – oder verabschiedete –, das war sensationell. Was für ein Glück, dass ich zu weit gefahren bin!, dachte Fanette.

Langsam rollte der Zug in den Hauptbahnhof ein und Fanette tastete mit den Augen den Bahnsteig ab. Sabine wusste Bescheid, dass sie nun auf Gleis fünf ankommen würde. Dann sah sie auch schon das Schild. „Willkommen" stand in bunten Buchstaben darauf. Eine blonde Frau hielt es in den Händen, zwei kleine Jungen standen neben ihr und schauten verwundert den langen Zug an. Das mussten sie sein! Fanette hievte ihre Reisetasche die beiden Stufen hinunter und winkte in Richtung des Empfangskomitees. Sofort kamen die beiden Jungen angerannt. Sie waren noch blonder als ihre Mutter.

„Bongschur!", rief der größere. Der andere lachte strahlend und im nächsten Augenblick ein wenig unsicher. Ihre anfängliche Energie war sofort verpufft, denn sie wussten nicht, was sie jetzt tun sollten. Aber Fanette war schon erobert und musste lachen, denn die beiden steckten in bunten Kostümen. Ein Indianer mit rot-gelb-blauen Streifen im Gesicht und ein grüner Drache standen da vor ihr. Sie ging vor ihnen in die Knie und fragte: „Na, ihr beiden, habt ihr euch extra für mich fein gemacht?"

Im nächsten Moment war Sabine da, ihre Mutter. Sie war herzlich und küsste Fanette rechts und links auf die Wange.

„Zweimal oder dreimal?", fragte sie lachend. „Wie macht ihr das in Frankreich nochmal?"

„Rechts, links, rechts", sagte Fanette, „aber es geht auch ohne!" Sie wollte sich ihre Reisetasche über die Schulter hängen, doch Sabine nahm sie ihr sofort ab. Der kleine Indianer und der Drache nahmen jeder eine Hand von Fanette.

„Verkleidet man sich in Köln nicht nur zu Karneval?", wollte sie wissen.

„Eigentlich schon", sagte Sabine, „aber mach das mal diesen Kindern klar!"

Als sie kurze Zeit später durch die Bahnhofshalle gingen, sah Fanette den riesigen Dom schon wieder. So nah war der! Er stand direkt neben dem Bahnhof und man musste den Kopf in den Nacken legen, um ihn in seiner ganzen Größe zu erfassen.

Dazu die vielen unterschiedlichen Menschen, die hier herumliefen – Chinesen, Japaner, Männer in Schottenröcken und

Mädchen auf Skateboards. Fast bedauerte Fanette, dass das nur eine Durchgangsstation war. Zum Glück wollten Sabine und die Kinder ihr etwas von Köln zeigen, bevor es weiterging ins Dorf.

Während Sabine das Gepäck ins Auto in der Tiefgarage brachte, wartete Fanette mit den Jungen auf den Stufen der breiten Treppe vor dem Dom.

„Ich heiße Jakob", sagte der Indianer.

„Und ich Emil", sagte der Drache.

„Ich bin acht", sagte Jakob.

„Und ich vier", rief Emil und zeigte fünf Finger.

Die beiden waren sehr zutraulich und zeigten ihrem neuen Familienmitglied sofort, was sie als Drache und Indianer so alles konnten. Fanette betrachtete währenddessen aus den Augenwinkeln die Leute, die um sie herum ebenfalls auf den Stufen saßen. Merkwürdige Gestalten waren darunter. Junge Leute, kaum älter als sie selbst, mit Piercings im Gesicht und Bierflaschen in den Händen. Andere, darunter auch ältere mit zotteligen Bärten, die ziemlich abgewrackt aussahen. Einer hatte einen Hund bei sich. Sie sprachen laut und riefen den Vorübergehenden manchmal etwas zu. „Haben Sie ein gutes Herz und vielleicht einen Euro übrig? Schönen Tag, schöne Dame!" Ab und zu warf tatsächlich jemand ein Geldstück in den schmutzigen Pappbecher.

Da kam Sabine aus der Tiefgarage zurück. „Es kann losgehen!", rief sie. „Wohin zuerst?"

„Heinzelmännchenbrunnen!", schrie Jakob.

„Bratwürstchen", übertönte Emil seinen Bruder.

„Ach, zuerst gehen wir in den Dom!", schlug Sabine vor. Damit waren alle einverstanden.

3
Köln und Köln

„Der Kölner Dom, ich sage dir, Moumouche, der war früher noch viel höher als die hundertsiebenundfünfzig Meter, die er heutzutage höchstwahrscheinlich immer noch ist!" Aron Schatz hatte sich in einen derartigen Schwung geredet, er konnte gar nicht mehr aufhören, von seiner Heimatstadt zu erzählen.

„Wieso höher?" Moumouche verstand nicht gleich.

„Na, alles drum herum war so klein! Enge Gassen, niedrige Häuser, wenig Straßenbeleuchtung. Uns kam der Dom immer riesig vor. Der war ein Wunder, und es war genauso unser Dom, wie der aller anderen Kölner. Das Wahrzeichen unserer Stadt!"

„Und was war das damals für eine Stadt?", fragte Moumouche. Als er kapierte, dass Aron Schatz Köln einmal gekannt hatte, war das Gesprächsthema für diesen Sonntagmittag gefunden.

„Tja, was war das damals für eine Stadt?" Aron Schatz kam ins Grübeln. Die Frage war schwerer zu beantworten, als er dachte. Eine Stadt war ja immer so wie die Menschen, die dort lebten.

„Na ja, da wird zu Anfang eines Jahres immer Karneval gefeiert. Die Leute verkleiden sich und schlagen über die Stränge. Es wird gefeiert, getrunken und alles nicht so ernst genommen. Leute von außerhalb dachten deshalb oft, die Kölner seien einfach immer gut gelaunt und witzig! Aber das stimmte natürlich nicht. Die waren wie alle anderen Menschen auch, nur lag manchen von ihnen vielleicht schneller ein Scherz auf den Lippen als anderswo. Aber dieser Mutterwitz war nicht nur freundlich, sondern konnte auch ganz schön bösartig sein und andere bloßstellen, einschüchtern oder zum Schweigen bringen. Wer witzig ist, ist noch lange kein guter Mensch, oder?"

Moumouche war von der Frage überrascht. „Keine Ahnung, da muss ich zuerst einmal drüber nachdenken."

„Gut, ich sage dir ein Beispiel", fuhr Aron Schatz fort. „Als die Nazis an die Macht kamen, da machten sich nur ganz, ganz wenige über sie lustig. Die meisten waren völlig einverstanden mit deren Parolen und haben direkt mitgemacht. Dabei waren dieses Armhochreißen und Heil Hitler-Gebrüll und dieser ganze beleidigte Ernst, den sie hatten, doch ziemlich lächerlich. Normale Menschen verwandelten sich plötzlich in Automaten. Knöpfchen gedrückt und zack – Arm hinauf und Gehirn ausgeschaltet!"

Aron Schatz musste Luft holen, aber nur kurz.

„Aber irgendwie passte das auch wieder. Die nationale Einheit, der nationale Zusammenhalt, Deutschland muss wieder groß werden, nachdem es den Großen Krieg, den Ersten Weltkrieg, verloren hatte, Deutschland, Deutschland über alles – all das war ständig Thema der Parteien und sehr vieler Menschen im ersten Viertel des 20. Jahrhunderts. Als dann die Nationalsozialisten mit all ihren großartigen Ideen von einer großartigen Nation kamen und noch ein paar weitere Schlagworte hinzufügten – wir führen Deutschland zu neuer Größe, die arische deutsche Rasse ist allen überlegen –, da gabs kein Halten mehr."

„Da sind die voll drauf abgefahren!", setzte Moumouche den Satz fort. Er war sich nicht sicher, wie lange der alte Mann ihr Gespräch durchhalten würde. Aron Schatz machte einen erschöpften Eindruck auf ihn. Es war Zeit für eine Pause.

„Monsieur, ich mach mal neuen Tee", sagte er und lief in die Küche, bevor Aron Schatz widersprechen konnte.

Als er kurze Zeit später zurückkam, lag der alte Mann mit geschlossenen Augen in den Kissen, schlug sie aber sofort wieder auf.

„Von meiner Familie war ich übrigens der einzige echte Kölner!" Moumouche setzte sich und goss den Tee ein.

„Meine Eltern wurden im damaligen Polen geboren und

kamen erst 1897 nach Köln. Mein Vater war Textilhändler und hoffte, im Rheinland ein richtig gut gehendes Gewerbe aufbauen zu können. Damals, um die Jahrhundertwende, wanderten viele Juden aus dem Osten, aus Polen und Litauen, nach Westeuropa aus, nach Wien oder Berlin, sogar bis in die USA und nach Lateinamerika gingen sie. So schlecht waren die Möglichkeiten in ihrer Heimat. Dort gab es immer wieder Pogrome, Ausschreitungen gegen die Juden, ihre Häuser, ja ganze Städtchen wurden angezündet."

„Wirklich? Dort auch?" Moumouche war überrascht. „Ich dachte, nur die Nazis hätten Juden verfolgt und ermordet."

Monsieur Schatz sah ihn mitleidig an.

„Ha!" Dieses Ha war kurz und abgründig. „Die Nazis haben die Sache nur perfektioniert und eine durchorganisierte Tötungsmaschinerie daraus gemacht. Aber Fanatiker hat es immer schon gegeben. Und was noch schlimmer ist, es gab schon immer diejenigen, die solchen Fanatikern gefolgt sind, ihnen geglaubt haben. Ganz normale Leute, die keiner Fliege etwas zuleide tun konnten. Doch in dem Moment, in dem sie anfingen, einem Gerücht zu glauben, einer Parole zu folgen, verwandelten sie sich in Monster. Ganz normale Monster, die ein Judendorf anzündeten, weil jemand ihnen erzählt hatte, dass Juden Brunnen vergiften oder kleine Kinder schlachten und ihr Blut trinken."

Moumouche schüttelte angewidert den Kopf. „Wer glaubt denn so einen hirnverbrannten Blödsinn?"

Monsieur Schatz zog eine Augenbraue hoch und sagte ironisch: „Oh, im Mittelalter haben das viele Leute sehr gerne geglaubt. Das war ganz einfach. In ihren Kirchen predigte man ja schließlich, dass es die Juden waren, die ihren Herrn Christus ans Kreuz genagelt hatten. Denen war doch schließlich alles zuzutrauen!"

„Scheiß Religion!", empörte sich Moumouche und stellte seine Teetasse mit einem lauten Knall auf dem Tisch ab.

Aron Schatz lächelte entspannt. „Na, na, na, jetzt schalte aber nicht selbst auch das Hirn aus! Religionen – ganz grundsätzlich – versuchen, Antworten zu geben auf Fragen, die uns verrückt machen können: Waren wir irgendwo, bevor wir geboren wurden? Was wird aus uns, wenn wir sterben? Wie sollen wir leben? Was ist gut und was ist schlecht? Religionen entwerfen Ideen, oft sehr bunte Ideen, ganze Götterwelten, in denen ein Elefant auf einer Maus reiten kann und ein kleiner Knabe mit einem Köcher voller Pfeile die Menschen liebesverrückt macht. Poetische Vorstellungen sind das, die versuchen, unseren quälenden Fragen ein Gerüst zu geben und den Menschen damit Orientierung, Heimat und Trost verschaffen."

Aron Schatz nahm einen Schluck Tee. Vorsichtig gab er die Tasse zurück in Moumouches Hand und wischte sich dann mit Daumen und Zeigefinger die Mundwinkel trocken.

„Ich bin Jude", fuhr er fort, „das weißt du inzwischen. Falls ich ganz selten noch einmal auf die Idee komme zu beten, tue ich das fast genauso wie ein Jude vor dreihundert, fünfhundert oder tausend Jahren. Einem Christen, einem Buddhisten, einem Hinduisten oder einem Muslim wird es ganz genauso gehen. Das bedeutet, so ein Gebet ist immer viel mehr als nur ein Gebet."

Moumouche beugte sich nach vorne und stützte die Ellbogen auf seine Knie. Es war erstaunlich, was Aron Schatz da erzählte.

„Also, wenn ich ein Gebet spreche, dann ist das gleichzeitig so was wie eine Nabelschnur in die Vergangenheit?"

Aron Schatz nickte. „Ob es uns mit irgendeinem Gott verbindet – keine Ahnung! Aber das Gebet verbindet uns auf jeden Fall mit den Menschen. Mit denen, die vor uns da waren, und denen, die noch kommen werden. Und genauso mit ihren Sorgen, ihrem Leid, ihren Fragen und ihrer Angst."

„Und das hilft?" Moumouche zweifelte daran.

„Jedenfalls mehr, als auf einen Gott zu hoffen. Oder hat er dir schon eine einzige Bitte erfüllt?"

Moumouche musste lachen. Hatte er Allah überhaupt schon einmal richtig um etwas angefleht? Dieser Gott mit den neunundneunzig Namen war so weit weg.

Eine kleine Stille trat ein, in der Moumouche ihre Teetassen nachfüllte und sich fast die Zunge verbrannte, als er daraus trank.

Aron Schatz lächelte und wartete, bis Moumouche seine Tasse wieder abgestellt hatte.

„Die Religion ist nicht das Problem, es sind die Leute, die sie für ihre eigenen Interessen und für ihre Macht benutzen. Dieser Jesus, zum Beispiel, hat den Menschen etwas von Liebe erzählt und wie man in der Nähe Gottes leben kann. Er hat selbstsüchtige Autoritäten entlarvt und sein Brot mit den Ärmsten der Armen geteilt. Aber meinst du, daraus lässt sich eine Weltreligion machen? Nein, mein Lieber, dafür sind die Ansichten, die dieser Jesus hatte, viel zu radikal. Damit eine Kirche daraus werden konnte, bedurfte es jeder Menge Abgrenzungen, Verbote, Zwang und Hass und schließlich genau die Autoritäten, die Jesus suspekt gewesen waren!"

Moumouche überlegte. „Also, Freiheit geht gar nicht?"

„Freiheit?" Da war wieder dieses melancholische Lächeln auf dem Gesicht von Monsieur Schatz. „Freiheit ist überall ziemlich unbeliebt! Sie ist der größte Feind jeder Ideologie, jeder Partei und jeder Firma, die von sich selbst annimmt, sie und nur sie verfüge über die allein selig machende Wahrheit. Deshalb wird sie gerne und erfolgreich unterdrückt und es werden alle möglichen Strafen erfunden, damit nur ja niemand auf die Idee kommt, seine Freiheit, die er natürlich trotzdem hat, zu nutzen und etwas anderes zu denken und die Wahrheit der Vielen in Frage zu stellen."

„Die Leute haben einfach Angst!", sagte Moumouche.

Er sah sie vor sich, diejenigen, die einfach weitergingen, wenn es irgendwo auf dem Schulhof Ärger gab. Waren Araber beteiligt, traute sich ohnehin keiner mehr dazwischenzugehen, egal, ob die angefangen hatten oder nicht.

In Moumouches Kopf kreisten Arons Worte, und er war sich nicht sicher, ob er alles, was jener gesagt hatte, auf die Reihe bekommen würde. Das mit der Religion war noch am einfachsten zu verstehen. Er kannte schließlich auch diese Imame, die den Koran ganz streng auslegten und einem etwas von der Überlegenheit des Islam anderen Religionen gegenüber erzählten. Das waren zwar nur einzelne Männer, bei manchen kamen sie allerdings sehr gut an. Vor allem bei denen, die keinen Erfolg und keine Perspektive für sich sahen, sich minderwertig fühlten oder so behandelt wurden.

„Aber Sie wollten mir doch eigentlich von Ihren Eltern erzählen!"

Aron Schatz hob eine Augenbraue.

„,Du', Moumouche, zu allererst einmal ‚du' – und nicht ‚Sie'! Wenn du mich schon dazu bringst, dir persönliche Dinge zu erzählen und meine spärlichen Gedanken bei dir loszuwerden, dann bitte ‚du'!"

Moumouche staunte nicht schlecht. Normalerweise drückte einem jeder Erwachsene ungefragt alle seine glorreichen Erkenntnisse aufs Auge und ermahnte einen gleich im nächsten Satz, sie auch bloß nicht zu vergessen. Musste man fünfundneunzig werden, damit sich das änderte?

„Okay, also, was war mit deinen Eltern? Warum sind sie nach Köln gekommen, wenn die Juden da doch auch verfolgt wurden?"

Aron Schatz winkte ab. „Na ja, als sie Anfang des 20. Jahrhunderts in Köln ankamen, waren die Nazis noch nicht am Ruder und in Deutschland war die Lage für die Juden wenigstens besser als in Polen. Es war ein ewiges Auf und Ab. Die großen Judenverfolgungen in Europa, die gab es vor allem im Mittelalter. Im 19. Jahrhundert hatte sich die Situation jedoch geändert. In Preußen war 1812 ein Gesetz erlassen worden, das den Juden staatsbürgerliche Gleichberechtigung zuerkannte. Das hieß zwar nicht, dass sie jetzt tatsächlich überall das Gleiche tun und lassen durften wie die übrigen Deutschen. Aber es war endlich mal ein guter Schritt."

Moumouche kam aus dem Grübeln nicht heraus.

„So ganz schrecklich viel kann sich aber nicht geändert haben, wenn die Juden dann im Nationalsozialismus wieder verfolgt wurden!"

Aron Schatz schlug die Bettdecke zurück und hob die Beine aus dem Bett.

„Stimmt!", sagte er und seufzte tief. Dann ließ er sich von Moumouche in den seidenen Morgenmantel helfen und schlurfte hinüber zum Sessel. Als Moumouche sich einen Stuhl dazugeholt hatte, fuhr er fort.

„Es ist eine merkwürdige Sache mit dem Menschen. In seinem Denken und Fühlen, da hat er mehrere Schubladen. Einerseits kann er jahrzehntelang mit seinen jüdischen Nachbarn zusammenleben, leiht ihnen Zucker, trinkt mit ihnen zusammen Kaffee oder Schnaps, strickt mit ihnen Socken oder hilft ihnen beim Holzhacken. Doch zur gleichen Zeit ist in einer anderen Schublade seines Gehirns abgespeichert: Juden, das sind doch die Christusmörder, die führen Böses im Schilde und man kann ihnen nicht wirklich trauen. Besonders in katholischen Gehirnen schlummerten solche Gedanken, mögen sie auch noch so absurd sein. Diese Vorwürfe waren schließlich fast zweitausend Jahre alt. Von Generation zu Generation wurden sie weitergegeben und dabei mit diversen Scheußlichkeiten ausgeschmückt. Die nachfolgenden Generationen wurden schon mit diesem Blick auf die Juden geboren, wie ein genetischer Code hatte er sich den Menschen eingeprägt. Wer nicht sein Gehirn einschaltete und sagte: ‚Stopp, das kann doch so gar nicht sein', der reagierte dann in Krisenzeiten wie ein Pawlowscher Hund."

„Was für ein Hund?"

„Iwan Petrowitsch Pawlow war ein russischer Forscher, der an Hunden beobachtet hatte, wie reflexhaftes Verhalten funktioniert. Bringt ein Mensch seinem Hund Futter, dann läuft dem Hund schon das Wasser im Munde zusammen, wenn er den Menschen nur von Weitem kommen sieht. Läutet man dabei auch noch ein kleines Glöckchen, reagiert der Hund nach einer Weile mit dem gleichen Sabbern, wenn er nur das Glöckchen hört, aber gar kein Futter dabei ist. Er ist darauf getrimmt, dass die beiden Dinge zusammengehören und kann sie nicht mehr voneinander trennen."

„Das heißt, wenn so ein christlicher Mensch hörte, jemand sei getötet worden, dann dachte er sofort, das kann nur ein Jude gewesen sein?"

„Nicht ganz. Natürlich wurde nicht jeder Mörder für einen Juden gehalten. Aber wenn eine Regierung wie die der Nationalsozialisten jeden Tag behauptete: ‚Juden sind unser Unglück, Juden rauben uns aus, Juden sind Ungeziefer, sie nehmen uns unser Geld weg und wollen die Welt beherrschen' – selbst wenn viele Menschen das nicht sofort glaubten, sagten sie sich doch nach einer Weile: Irgendetwas wird schon dran sein an diesen Nachrichten. In einer Schublade ihres Gehirns schlummerte ja die Prägung, dass Juden schon immer schlecht gewesen seien. Außerdem ist es wahnsinnig praktisch, einen Schuldigen für alles zu haben, was schwierig ist! Egal, was schiefläuft, ihm kann man alles aufladen."

Moumouche runzelte die Stirn.

„Okay, das mit den Juden ist speziell. Ich wusste nicht, dass der Hass auf sie so eine lange Geschichte hat. Andererseits funktioniert das Ganze auch, wenn man statt Jude Araber sagt oder Kommunist, Rohingya, Schwuler, Roma, Lesbe oder was auch immer. Überall auf der Welt werden doch zu allen Zeiten Leute aus den unterschiedlichsten Gründen verfolgt." Aron sah Moumouche nachdenklich an. „Da hast du allerdings recht, Juden sind nicht die Einzigen, die im Laufe der Geschichte verfolgt worden sind. Es scheint einen Mechanismus im Menschen zu geben, der gerne ein ‚Wir' gegen ‚die da' erschafft. Aber soweit ich sehe, ist keine andere Gruppe von Menschen so nachhaltig und über mehr als zweitausend Jahre hinweg verfolgt worden, wie sie."

Moumouche überlegte. „Aber so ganz kann das mit diesem genetischen Code trotzdem nicht stimmen, dass Vorurteile und Hass automatisch weitergegeben werden. Denn dann würde das ja endlos so weitergehen und wir würden heute immer noch genauso denken und reagieren! Aber wir können uns doch entscheiden oder nicht?"

„Das stimmt", sagte Aron, „diese Freiheit haben wir, aber längst nicht jeder nutzt sie. Denn gleichzeitig sind wir ja auch immer Kinder unserer Zeit und bestimmt von den jeweils herrschenden Ängsten, Vorstellungen und Vorurteilen. Es kommen natürlich immer wieder neue Ideen und Erfahrungen dazu. Denk nur an Begriffe wie Freiheit oder kritisches Denken. Heute sind diese Dinge für viele selbstverständlich. Aber die Menschen vor siebzig oder hundert Jahren, waren es gewohnt, Autoritäten zu gehorchen, dem Vater, dem Lehrer, dem Minister, dem Regierungschef. Wer aus der Spur lief und kritisierte, was allgemein verkündet wurde oder üblich war, der wurde sehr schnell als Störenfried abgestempelt. Je nachdem, worum es ging, wurde er auch verprügelt oder verhaftet und eingesperrt. So ist es im 19. Jahrhundert den Frauen ergangen, die mehr Rechte für sich forderten, so ist es auch den Kommunisten ergangen, die mehr Rechte, ja sogar die Gleichberechtigung der Arbeiter forderten. Ihre neuen Ideen wurden von der Mehrheit der anderen zuerst einmal verteufelt und bekämpft. Es hat viele Jahrzehnte gedauert, bis sie sich langsam durchgesetzt haben. Denk zum Beispiel an die Ideale, die hier aus Frankreich kommen: Freiheit, Gleichheit, Brüderlichkeit, die Schlagworte der Französischen Revolution. Sie sind bis heute nicht überall selbstverständlich."

Das war ziemlich einleuchtend. Moumouche brauchte nur an die Menschen in seinem Brennpunktviertel zu denken.

Aron, der sich in seinem Redefluss äußerst wohl fühlte, war noch längst nicht fertig.

„Traditionen", sagte er, „sind nur schwer zu ändern! Erst recht, wenn die Religion an ihnen mitgebastelt hat. Das ist auch der Grund, warum damals selbst diejenigen, die nicht an die Propaganda der Nazis glaubten, sondern sie für völlig übertrieben hielten, so seltsam schwach waren, sich dagegen zu wehren. Sie kannten Juden als Nachbarn und schätzten sie vielleicht sogar, doch sie hatten nicht den Mut zu sagen: ‚Seid ihr eigentlich alle verrückt geworden? Das sind unsere Nachbarn, die noch nie irgendetwas Schlimmes gemacht haben. Lasst sie bloß in Ruhe!' Was machten sie stattdessen? Sie dachten an die Verhandlungen mit dem Viehhändler, der – genau wie sie selbst – das Beste für sich herausschlagen wollte. Gier und Geiz sahen sie aber nur bei ihm. Und sie dachten natürlich auch: Oje, wenn wir jetzt den Mund aufmachen, dann werden wir vielleicht auch noch angezeigt und kriegen Schwierigkeiten. Da sind wir lieber schön still!"

„Ja, die kenne ich", sagte Moumouche, „die gibts heute immer noch."

Als Aron Schatz ihn fragend ansah, fuhr er fort: „Ich bin Araber und, klar, manchmal bin ich halt mit noch ein, zwei anderen Arabern unterwegs. Es ist mir schon zweimal passiert, dass da plötzlich ein paar Typen kamen und anfingen, auf uns einzuschlagen – glaubst du, da bleibt irgendjemand stehen und hilft uns? Ich meine, es könnte ja wenigstens jemand die Polizei rufen! Aber nein. Ist vielleicht auch besser so, am Ende behaupten nämlich alle sowieso nur, die Araber hätten mal wieder angefangen."

Aron Schatz sah, wie gut Moumouche ihn verstand.

„Gar nichts zu tun ist trotzdem so ungefähr das Schlechteste, was du machen kannst."

4
Wolfgang, erstaunt, immer noch

Wann fing es an, dass wir Kinder nicht mehr dazugehörten? Es kam nicht auf einen Schlag, sondern ging langsam und schleichend. Wir waren Juden und gingen nicht in die Kirche, aber dieser Unterschied war lange Zeit normal, so wie der eine eben blaue und der andere braune Augen hat. Wir spielten mit allen Kindern im Dorf, gingen auf dem Schreierhof ein und aus und waren überall dabei. Wenn der neue „Kicker" erschien, lagen alle Jungen gleichermaßen auf der Lauer, um einem der Väter die Zeitung abzuluchsen, um die Bilder der Fußballer und die neuesten Nachrichten über die Vereine zu studieren. Papa ging regelmäßig am Samstagabend in die Kneipe auf der Hauptstraße und spielte mit den anderen Männern aus dem Dorf Karten. Den ganzen Abend saß er da bei einem kleinen Glas Schnaps für fünf Pfennige. Wenn ich ihn zwischendurch zum Essen abholte, legte er einen Deckel auf das winzige Glas, an dem er später weiternippen wollte. Wenn im Herbst nebenan auf dem Hof geerntet wurde oder die Birnen reif waren, liefen wir alle hinüber und halfen mit. Wie viele hundert Birnen hat Mama geschält und eingekocht. Und wie viele Bohnen geschnippelt, die dann eingeweckt wurden! Von allem bekamen wir etwas ab, Gemüse, Butter oder Marmelade. Jeden Morgen holten wir bei den Schreiers eine Kanne Milch. Wir gehörten dazu und doch blieb ein Unterschied zwischen uns und den anderen. Und dieser kleine Unterschied konnte manchmal durchaus unangenehm werden. Wenn freitags bei uns der Schabbat begann und wir samstags unseren Ruhetag hatten, zogen wir unsere besten Kleider an und gingen spazieren. Manchmal wanderten wir bis hinüber nach Stommeln. Da gab es zwar keine Synagoge mehr, aber dort trafen wir andere Juden. Moses Hannchen zum Beispiel, die einen kleinen Lebensmittelladen in diesem Ort besaß, der natürlich samstags geschlossen war. Oder die Familie Cahn aus der Dorfstraße Nummer fünfzig. Während wir schon unseren Sonntag feierten und spazieren gingen, mussten alle anderen im Dorf noch arbeiten, die Felder bestellen oder die Gasse fegen. Da haben uns die Kinder manchmal hinterhergerufen: „Jüdd, Jüdd, Jüdd, hepp hepp hepp, hätt en Naas wie en Wasserschepp." Aber was sollte das schon heißen: Hat eine Nase wie eine Wasserkelle? Die waren einfach neidisch, weil wir schon frei hatten und sie noch bis zum nächsten Tag warten mussten und erst am Sonntag frei hatten. Wir haben ihnen einfach die Zunge herausgestreckt! War „Jüdd" ein Schimpfwort? Papa war im Dorf der Jüdde Mäx, es war einfach Teil des Namens und ich zumindest dachte mir gar nichts dabei. Wenn die neue Woche anfing, spielten wir mit den gleichen Kindern wieder genauso zusammen wie immer.

Erst in der Schule habe ich das Anderssein deutlicher gemerkt. Wenn morgens der Unterricht mit dem gemeinsamen Schulgebet begann, dann durften Susi und ich nicht mitbeten, sondern standen da, den Kopf gesenkt, den Mund geschlossen, und mussten die Hände nebeneinander vor uns auf das Schreibpult legen. Wir standen da, als sollten wir uns schämen.

5
Ankunft im Dorf

Als sich Fanette drei Stunden später auf den Beifahrersitz von Sabines Auto fallen ließ, war sie todmüde. Während Sabine die beiden Jungen auf der Rückbank in ihren Kindersitzen festschnallte, schaute Fanette schnell in ihr Handy. Sieben neue Nachrichten! Die meisten von Moumouche.

Bist du gut in Köln angekommen? Ich hab heute schon so viel über diese Stadt gehört wie du wahrscheinlich in vier Wochen nicht erfahren wirst! Brauchst du Infos? Frag den arabischen Master!

Fanette spürte, dass ihr das einen Stich gab. Klar, Moumouche unterhielt sich mit Aron, aber was sollte das heißen? Erzählte der ihm jetzt alles? Alles, was sie doch wissen wollte?

Aron hat von der Südstadt erzählt, da hat er in der Metzerstraße gewohnt. Gehst du dorthin?

Fanette scrollte weiter.

Irgendwo muss es noch eine Synagoge geben. Da ist er manchmal hingegangen mit seiner Mutter.

Aron Schatz hatte noch nie von seinem Vater erzählt, fiel Fanette in diesem Moment auf. Hatte er keinen gehabt oder was war aus ihm geworden?

Vielleicht konnte Moumouche ihr später noch mehr von dem schreiben, was Aron ihm alles erzählte.

„Hast du dich eigentlich schon bei deiner Mutter gemeldet?", fragte Sabine und startete den Wagen.

Oje, Maman! Fanette hatte überhaupt nicht an sie gedacht.

„Ganz vergessen", sagte sie, „ich rufe sie kurz an." Nach siebenmaligem Läuten ging sie dran.

Fanette begann Französisch zu sprechen und die beiden Jungs

auf dem Rücksitz amüsierten sich darüber, dass sie plötzlich kein Wort mehr verstanden. Jakob und Emil begannen sie nachzumachen.

„Ah, wie, wie, wie! Té, té, wie. E pa."

„Tatü tata."

Sabine lachte. „Wieso kannst du eigentlich so gut Deutsch?", wollte sie wissen, nachdem Fanette das Gespräch beendet hatte.

„Unser Nachbar, Monsieur Schatz, spricht Deutsch und hat es mir beigebracht."

„Wie toll", sagte Sabine, „und was für ein Glück für uns! Mein Schulfranzösisch ist schon ganz eingerostet. Vielleicht kannst du Jakob und Emil ein wenig Französisch beibringen."

„Na, klar", entgegnete Fanette automatisch, denn eigentlich dachte sie gerade an etwas ganz anderes.

„Kennst du zufällig den Namen Aron Schatz?"

Sabine sah sie entgeistert an. „Schatz? Nie gehört. Wieso?"

Fanette sah aus dem Fenster. „Ach, nur so. Er war früher oft in Fliesteden, hatte dort Verwandte."

„Echt? Gibts ja gar nicht! In unserem abgelegenen Dorf! Und – wer sind seine Verwandten? Willst du die Leute besuchen?"

Sabine war plötzlich geradezu begeistert davon, dass Fanette eine Verbindung nach Fliesteden hatte.

„Die Familie heißt Stock, Max und Jenny, Susi und Wolfgang Stock. Aber sie sind nicht mehr da. Aron, also mein Nachbar, hat keine Ahnung, was aus ihnen geworden ist. Irgendwie hat er im Krieg die Verbindung zu ihnen verloren."

Sabine überlegte. „Das ist lange her. Willst du versuchen, etwas darüber herauszufinden?"

Fanette zuckte mit den Schultern. Es war ein komisches Gefühl, schon so kurz nach ihrer Ankunft über dieses Thema zu reden. Sie kam sich ein bisschen wie eine Verräterin vor. Sollte sie nicht eigentlich nur vier Wochen lang ein wenig Deutschland kennenlernen?

„Ich weiß nicht. Mal sehen. Sie waren Juden."

„Oh!" Sabines Begeisterung klang jetzt deutlich gedämpfter. „Aber die Namen hören sich total deutsch an." Sie machte eine Pause.

„Na ja, die waren ja auch Deutsche", sagte sie mehr zu sich selbst. „Aber ich kann dir nichts darüber sagen. Wir wohnen erst seit zehn Jahren in Fliesteden. Vielleicht weiß der eine oder andere von den alten Leuten etwas. Das kannst du ja einmal versuchen."

Schweigend fuhren sie weiter.

Mittlerweile hatten sie die belebten Straßen der Stadt verlassen. Vor ihnen lagen Felder, Grünstreifen und kleine Wäldchen. Dazwischen immer wieder überschaubare gemütliche Ortschaften.

„Gleich sind wir da", sagte Sabine und fuhr eine weite Kurve an drei hohen alten Linden vorbei. Die Häuser waren auch hier ein-, höchstens zweistöckig, aus rötlichem Backstein oder weiß getüncht. Wieder standen am Straßenrand drei hohe Lindenbäume, diesmal auf der linken Seite. Dahinter verbarg sich eine Kirche mit einem gedrungenen viereckigen Turm.

Eine gerade Straße führte mitten durchs Dorf, an deren beiden Seiten ein Haus neben dem anderen stand. Manche hatten große hölzerne Tore, die in Höfe führten. Ein alter Mann goss die Blumen, die vor seinem Haus in einem Kübel wuchsen. Ansonsten wirkte der Ort wie ausgestorben, kein Mensch zu sehen.

Fanette hatte Herzklopfen. Das war also das Dorf, das Aron Schatz so gut kannte, woran so viele seiner Erinnerungen hingen! Gleichzeitig spürte sie eine Art Enttäuschung darüber, dass hier tatsächlich überhaupt nichts los war. Wie sollte sie ohne Aron die Vergangenheit zurückholen? Wie sollte sie hier etwas darüber erfahren?

Sabine bog von der Hauptstraße nach rechts ab und hielt an. Vor dem weißen Haus der Familie standen ebenfalls Blumenkübel, und zwar gleich zwei. Daraus wuchsen üppige Rosenstöcke, die die Außenmauer emporrankten. *Hinter den Hecken* hieß die Straße, obwohl hier keine einzige Hecke zu sehen war. Hinter dem Haus tat sich noch eine weitere Reihe Häuser auf. Dahinter begannen die Felder.

6
Sonntägliche Schatten

„Bis später", rief Aron Schatz Moumouche hinterher, der am späten Nachmittag die Wohnung verließ, um sich die Beine zu vertreten und eine Runde durchs Viertel zu machen. Die Tür fiel ins Schloss und die vertraute Stille umfing den alten Mann, der immer noch in seinem Sessel saß und aus dem Fenster schaute.

Mein Gott, wie viel hatten sie heute geredet. Auf meine alten Tage werde ich noch richtig schwatzhaft, dachte Aron und schämte sich ein bisschen. Aber es stand ihm eben plötzlich alles wieder so deutlich vor Augen! Seine Mutter, die selige Machale, die ihn nicht nur ermahnt hatte, die Hühner zu füttern, sondern auch zu lernen und gut in der Schule zu sein. Der Geruch nach Feuer aus all den Kohleherden in der Metzerstraße. Die Nachbarskinder, die ihn von der Straße her zum Spielen riefen, wenn seine Mamme noch unbedingt den Stoff des Unterrichts von ihm erklärt haben wollte. An seinen Vater hatte er keine einzige Erinnerung. Er war an einer Blinddarmentzündung gestorben, als Aron zwei Jahre alt war. Machale hatte eine Zeit lang versucht, die gut gehende Textilhandlung alleine weiterzuführen. Doch die Wirtschaftskrise hatte sie in die Knie gezwungen. Sie musste das Geschäft aufgeben und hielt die geschrumpfte Familie mit diversen Gelegenheitsarbeiten über Wasser. Sie arbeitete im Krankenhaus, flickte anderer Leute Kleider oder ging putzen. Immer weniger Zeit hatte sie für ihren Jungen, den sie daher bei jeder Gelegenheit zu den Verwandten nach Fliesteden schickte.

Dort erlebte er Familie, wie er sie selbst nicht hatte. Dort war er glücklich und dort fühlte er sich zu Hause. Seine ganze Liebe hing an diesem Ort und gleichzeitig sein ganzer Schmerz. Die Erinnerung daran war vermintes Gebiet, das er so viele Jahre lang lieber nicht betreten hatte.

Aron Schatz dachte an Fanette.

Jetzt war sie also dort in diesem Dorf, von dem er so lange gedacht hatte, es würde nur noch in seiner Erinnerung existieren. Sommer um Sommer, Herbst um Herbst zogen an ihm vorüber, die unbeschwerten und die anderen, die dunklen. Nachdem Susinka in die Schule gekommen war, war kein einziger seiner Besuche mehr ungetrübt gewesen. Jetzt hatte es Dinge gegeben, über die er lieber geschwiegen, die er beschönigt oder nur halb erzählt hatte, um Susinka und Wolfgang und den Rest der Familie nicht zu beunruhigen. Um sich selbst das Paradies zu erhalten.

Zum Beispiel die Sache mit dem kleinen Jungen aus der Trajanstraße, der im September 1936 im Römerpark in der Südstadt zu Tode gekommen war. Hans Ochs hatte der Junge geheißen. Er war mit seiner Mutter und dem jüngeren Bruder im Kinderwagen im Römerpark spazieren gegangen. Wären sie doch bloß ein Stück weiter zum Rhein gegangen. Vielleicht wären die sechs Hitlerjungen dort nicht gewesen. Im Römerpark aber waren sie. Woran hatten sie gesehen, dass Hans Ochs Jude war? Sie drohten ihm, sie traten und verprügelten ihn, sechs gegen einen. Die Mutter mit dem Kinderwagen konnte nichts dagegen ausrichten. Kein Spaziergänger kam zu Hilfe. Als die Polizei eintraf, waren die Schläger schon davongelaufen. Hans Ochs starb noch am selben Abend. Er war genauso alt gewesen wie Susinka.

Im Sommer des Jahres durfte Aron nicht mehr zu dem Arzt gehen, der ihn von klein auf behandelt hatte. Er musste sich einen jüdischen Arzt suchen, denn nur Juden durften jetzt noch Juden behandeln.

Und so ging es immer weiter und wurde immer schlimmer. Im Oktober 1938 streckten die Braunhemden ihre Hände nach Arons Mutter Machale aus. Seine Mamme wurde verhaftet und nach Polen ausgewiesen. Aron stand dabei, als die Polizisten in die Wohnung traten und musste hilflos mit ansehen, wie seine Mutter ein paar Sachen packte. Kein Fragen, kein Jammern, kein Weinen hatte irgendetwas ausrichten können. Die Mamme musste mitkommen und Aron blieb allein zurück. Sie hatte nichts, aber auch gar nichts verbrochen, sie besaß nur immer noch die polnische Staatsangehörigkeit und einen polnischen Pass. Das reichte, um sie nach Polen abzuschieben. Kurze Zeit später brannten in Köln die Synagogen. Die Braunhemden hatten sie in Brand gesteckt und zogen marodierend durch die Straßen, verwüsteten jüdische Wohnungen und Geschäfte, schlugen auf jüdische Menschen ein und zerrten alte Männer an ihren Bärten aus ihren Häusern. Die Feuerlöschpolizei? Wo blieb die Feuerlöschpolizei? Kein Dauer-Hupen, kein wildes Läuten der Messingglocke. Hatte sie heute überall frei?

Als Aron Schatz am nächsten Tag zur Schule ging, sah er Glasscherben auf den Gehwegen liegen und Möbel, die auf die Straße geworfen worden waren. Es sah aus wie nach einem Bombenangriff.

7
Susinka

Aron Aronimus haben wir ihn oft genannt, denn er war so klug, hatte Latein auf der Oberschule und Griechisch noch dazu. Wie haben wir ihn dafür bewundert! Hatte er wirklich gedacht, wir hätten in Fliesteden nicht mitbekommen, wie sich die Zeiten änderten? Das haben auch wir deutlich zu spüren bekommen! Es gab zwar keine Synagoge in Fliesteden, aber es gab ja uns. Als anderswo die jüdischen Bethäuser in Brand gesteckt wurden, drangen einige Braunhemden aus dem Dorf und noch einige mehr aus anderen Dörfern in unser Haus ein, schlugen die Fensterscheiben kaputt, warfen unser Porzellan und die Kristallgläser auf den Boden und zum Fenster hinaus. Wir konnten gerade noch fliehen und uns hinüber auf den Schreierhof retten. Dort haben sie uns beschützt. Was in dieser Nacht in den Dörfern um uns herum geschah, in Stommeln, in Glessen und Büsdorf, in Frechen, in Sinnersdorf oder Brühl, das kam uns schnell zu Ohren. Unsere Verwandten, Freunde und Bekannten, die dort wohnten, haben es uns später erzählt. Dort gab es Synagogen, und die blieben genauso wenig verschont.

Und dass Tante Machale kurze Zeit vor der Zerstörung der Synagogen zurück nach Polen geschickt worden war, das konnte Aron uns nicht verschweigen. Sie blieb in Polen und schrieb noch viele Briefe. Bis irgendwann kein einziger mehr kam. Zum Glück wurde Aron nicht auch dorthin abgeschoben, sonst hätten wir auch von ihm einfach nichts mehr gehört. Nachdem Tante Machale fort war, haben wir uns immer wieder gefragt, wie er sich wohl durchschlägt, so ganz alleine. Später erzählte er uns, dass er nach der Schule bei dem Schreiner in seiner Straße mitarbeitete, damit er sich das Nötigste zum Leben kaufen konnte. Er war ja schon fünfzehn in diesem Jahr 1938!

Im August wurde ich zehn. Und Aron ist tatsächlich gekommen. An diesem Tag sind wir noch einmal auf die verzweigte hohe Eiche in der Jennerstraße geklettert, wir beide ganz allein. Wolfgang war mit Mama hinüber zum Schreierhof gegangen, um ein Konzert zu hören, das an diesem Tag im Radio übertragen wurde. Aron und ich kletterten so hoch hinauf in die Eiche wie noch nie zuvor. Da oben saßen wir dann und er fragte mich: „Kannst du schon Amerika sehen?" „Oh, ja", antwortete ich, „ich seh schon den Arm der Freiheitsstatue." Und dann versprach er mir, dass wir meinen zwanzigsten Geburtstag dort drüben in Amerika feiern würden. Er wäre dann ein bekannter Textilhändler, viel bekannter noch als sein Vater, und würde eine Filiale in New York aufmachen. In zehn Jahren! Wie schrecklich lang ist es noch bis dahin, dachte ich damals. Aber Aron hat es mir in die Hand versprochen, dass er mich mitnehmen würde. Und als wir vom Baum wieder herunten waren, pflückte er eine weiße Margerite am Wegesrand und überreichte sie mir mit den Worten: Herzlichen Glückwunsch, schöne Dame! Dabei war ich noch längst keine Dame, sondern hatte ein Kleid an, das mir viel zu groß war und lief, wie immer, barfuß neben ihm her. Aber als ich die Blume in die Hand nahm, war das völlig vergessen und ich fühlte mich, als hätte mich jemand in Gold getaucht. Niemand konnte sich vorstellen, dass ein paar Wochen später die Synagogen brennen würden. Und niemand konnte sich vorstellen, dass unser Papa und der Opa plötzlich nicht mehr als Viehhändler und Metzger arbeiten durften. Es wurde ihnen einfach verboten. Schlachten und Fleisch verkaufen sollten jetzt nur noch christliche Metzger. Wie war das nur möglich? So viele Jahre waren die Kunden zu uns gekommen, nicht nur aus Fliesteden, sondern aus der ganzen Gegend, und hatten sogar schon vor dem Schlachttag Fleisch bei uns bestellt, denn sie wussten: Bei uns gab es erstklassige Ware. Aron konnte es gar nicht glauben, als er im Winter zu Besuch kam, dass wir jetzt im Schlachthaus Holz gestapelt hatten, die Fleischerwerkzeuge in der Ecke darauf warteten, dass sie jemand abholen kam, und alle scharfen Messer verkauft waren. Jetzt waren seine Onkel dienstverpflichtet und mussten Schnee schippen oder den Bauern bei der Arbeit helfen. Und es gab keine gute Suppe mehr, wie wir sie immer aus einem Stück Fleisch und ein paar Knochen gekocht hatten.

Ungefähr zur gleichen Zeit, als die Männer das Schlachthaus schließen mussten, durften wir nicht mehr in unsere Schulen gehen. Wir nicht und Aron auch nicht. Jüdische Kinder mussten jetzt in jüdische Schulen gehen! Aber wo gab es die schon auf dem Land? Im November 1938 wechselten wir nach Köln in die Schule. Leider war es nicht dieselbe, in die Aron damals ging. Das Schlimme daran war, dass ich jetzt noch viel früher aufstehen musste als vorher, denn der Weg in die Schule war nun lang. Zuerst mussten wir mit dem Bus nach Pulheim fahren, von dort mit dem Zug nach Köln und vom Hauptbahnhof zu Fuß bis zur Schule gehen. Anderthalb Stunden dauerte das! Morgens und nachmittags! Nachdem uns Josef Mies, der mittlerweile zum Ortsgruppenleiter aufgestiegen war, eines Morgens im Bus entdeckt hatte, dauerte der Weg sogar noch länger. Es war ihm unerträglich, mit jüdischen Kindern zusammen in diesem Bus zu sein! Deshalb mussten wir jetzt bei Wind und Wetter mit dem Fahrrad nach Pulheim zum Bahnhof fahren.

Und wir alle dachten, schlimmer könne es nicht mehr werden.

8
Dorfalltag

Etwas kitzelte sie am Fuß. Jemand zog an ihrer Bettdecke. Fanette öffnete schwerfällig die Augen. Mein Gott, es musste doch noch mitten in der Nacht sein!

„Bringst du mich in die Schule?"

„Und mich in den Kindergarten?"

Die beiden blonden Zwerge vor ihrem Bett waren noch im Schlafanzug und hüpften von einem Bein aufs andere.

„Wie spät ist es denn?" Fanette rieb sich die Augen.

„Komm frühstücken", rief Jakob, dann rannten die beiden aus dem Zimmer.

Jetzt gings schon los? Fanette stieg aus dem Bett, die Augen erst halb offen tastete sie sich zum Badezimmer. Die Abmachung war eigentlich, dass sie sich erst nachmittags um die Jungen kümmern würde, wenn sie wieder zu Hause waren. Bis um vier hatte sie frei und konnte tun und lassen, was sie wollte. Aber heute, an ihrem ersten Morgen in Fliesteden, konnten es Jakob und Emil nicht abwarten, dass ihr neues Kindermädchen für sie da war.

„Entschuldige", sagte Sabine am Frühstückstisch als Erstes, „ich wollte, dass du ausschlafen kannst, aber die Jungs waren schneller!"

Fanette goss sich einen Kaffee ein. „Kein Problem, ich kann mich ja später wieder ins Bett legen!"

„Du hast es gut!", sagte Jochen, der Vater, lachend, „es war ganz schön spät gestern."

Fanette nickte. Sie hatten noch lange zusammengesessen und erzählt, wie der Alltag hier so aussah, was jeder arbeitete, und ob das Leben in Frankreich anders war als in Deutschland. Jochen machte etwas mit Computern und Sabine war Yoga-Lehrerin. Er war meistens den ganzen Tag unterwegs, sie gab nur vormittags und manchmal abends Unterricht und Entspannungskurse.

„Warum seid ihr eigentlich gerade in dieses Dorf gezogen?", setzte Fanette das Gespräch vom Abend am Frühstückstisch fort.

Jochen, der gerade die Krümel auf dem Tisch zusammenfegte, antwortete: „Wir wollten einfach mehr Ruhe. Und dass die Jungs irgendwo aufwachsen, wo sie auf der Straße spielen können, wo es Natur gibt."

„Hm", bestätigte Sabine, „und das hier hat sich dann einfach zufällig ergeben. Jemand aus einem meiner Yoga-Kurse wusste, dass das Haus hier frei war."

„Ihr hättet also auch ganz woanders landen können?"

„Klar!"

Emil schob das letzte Stück seines Käsebrotes in den Mund und sagte gleichzeitig: „Anschieen!"

„Das kannst du schon längst selbst!", erinnerte ihn Sabine, doch davon wollte Emil nichts wissen.

„Du sollst mich anziehen!", befahl er und zog dabei an Fanettes Jacke.

Na, das kann ja lustig werden, dachte sie etwas genervt. Doch gleichzeitig war dieser kleine Kerl auch so süß! „Okay, ich komme mit in dein Zimmer und du zeigst mir, wie du das machst, einverstanden?"

Zum Glück war Emil einverstanden! Eine Viertelstunde später verabschiedeten sie sich vom Rest der Familie. Jakob machte ein langes Gesicht. Er wollte auch von Fanette begleitet werden, doch seine Schule war in Stommeln und da ging niemand zu Fuß hin. In Fliesteden gab es längst keine Grundschule mehr.

„Alle aus meiner Klasse kommen mit dem Fahrrad zur Schule! Könnt ihr meins nicht endlich reparieren?", schimpfte Jakob.

„Mit dem Fahrrad bis nach Stommeln? Du ganz allein? Das ist doch viel zu gefährlich", versuchte Sabine abzulenken, aber damit kam sie bei Jakob schlecht an.

„Ich bin kein Baby mehr!", beharrte er und stampfte mit dem Fuß auf.

„Baby? Sagt das jemand zu dir?", fragte Jochen. „Der hat wohl keine Ahnung, wie toll du Fußball spielen kannst!"

„Aber das ist doch was ganz anderes", maulte Jakob weiter.

„Papa schaut sich dein Fahrrad heute Abend an, okay?", machte Sabine der Sache ein Ende. Und Jakob stieg zu Jochen ins Auto und wurde, wie immer, gefahren.

„Und ihr müsst auch los", sagte Sabine zu Emil und Fanette.

„Seid ihr fertig?" Emil nickte. Heute hatte er eine blaue Hose und einen roten Pulli an. Das Drachenkostüm war im Kindergarten nur zu Karneval erlaubt.

„Du zeigst mir den Weg zum Kindergarten, okay, Emil?", sagte Fanette. Der Junge nickte und zog die Haustüre hinter ihnen zu.

„Erst mal hier entlang", kommandierte er und zog Fanette mit in Richtung der Hauptstraße.

„Da drüben wohnt Ida", bemerkte er, „und da hinten Jonas."

„Sind die auch bei dir im Kindergarten?", wollte Fanette wissen.

Emil schüttelte den Kopf. „Die sind meine Freunde, aber die sind schon groß, die gehen in die Kindergartenschule!" Dann bogen sie nach links in die Jennerstraße ab.

„Kannst du eigentlich auch Fahrradfahren?", wollte Emil wissen.

„Klar, wieso?"

„Mama fährt mich immer!"

„Ach, so! Hat sie gar nicht gesagt." Emil hatte also keine Lust, zu Fuß zu gehen, dachte Fanette. „Ich gehe normalerweise auf den Händen", sagte sie. „Kannst du das auch?"

Emil blieb stehen und fing an zu lachen.

„Du lügst ja!", rief er, kniete sich hin und legte seine kleinen Hände auf den Gehsteig. Dann warf er die Beine ein Stück in die Luft und sagte: „Das kannst du aber nicht!"

In der nächsten Querstraße war der Kindergarten.

„Machs gut", sagte Fanette und winkte Emil, bis er hinter der Glastür verschwunden war.

Fanette ging den Weg zurück, den sie mit Emil gekommen war. Plötzlich war sie ganz alleine in diesem Dorf. Ein Glück, dass die Sonne schien und alles gleich ein bisschen freundlicher aussah, als bei ihrer Ankunft am Tag zuvor. Die ungewohnte Stille hier gefiel Fanette. Keine Autos strömten um einen herum, aber es waren auch kaum Menschen unterwegs. Beim Kindergarten standen noch ein paar Mütter beisammen, doch ansonsten war weit und breit niemand zu sehen. Jedes Haus kam einem vor wie eine kleine Festung. Das war so anders als in Paris, wo alles voller Menschen war. Hier kehrte vielleicht einmal jemand das Laub vor dem Haus oder ein Bus fuhr vorbei. Wie konnte man immer hier leben? Plötzlich verstand Fanette die Bedenken ihrer Mutter.

Sie schaute auf und las das Straßenschild: „Jennerstraße". Hatte Aron Schatz ihr davon erzählt? Wäre er doch bloß hier, würde sie an der Hand nehmen und erzählen. Sich so ganz ohne Hilfe in der Erinnerung eines anderen Menschen zu bewegen, war verdammt schwer.

Sollte es hier nicht wenigstens eine Burg geben? Oder sogar zwei?

An der nächsten Ecke sah sie einen Traktor vorbeifahren und ging in die Richtung weiter, in die er gefahren war. Auf der rechten Seite stand in einem Garten eine riesige Eiche. Was für ein genialer Kletterbaum! Seine Äste reichten hoch hinauf in den Himmel. Der war bestimmt ein paar hundert Jahre alt.

Fanette ging weiter, folgte der Straße, die nach rechts abbog, und jetzt „Am Platz" hieß, und stellte an der nächsten Querstraße fest, dass sie wieder an der Hauptstraße angekommen war. Hier blieb sie unter einem anderen hohen Baum, einer alle Häuser weit überragenden Linde, stehen und schaute sich um. Auf der anderen Straßenseite war eine schöne alte Hofanlage zu sehen.

Ein großes grünes Tor stand offen und lenkte den Blick in den Innenhof. In diesem Moment überquerte eine ältere Frau die Hauptstraße und ging an Fanette vorbei. Nach einigen Schritten drehte sie sich noch einmal zu ihr um und fragte: „Suchst du was?"

Fanette fühlte sich ertappt und wusste nicht, was sie zuerst fragen sollte.

Die Frau dachte, das Mädchen habe sie nicht verstanden und fragte noch einmal: „Suchst du was?"

Fanette lächelte.

„Wo finde ich denn hier die Ritterburg?"

Die Frau sah sie ungläubig an. „Was für eine Ritterburg? Ach, ich weiß, was du meinst. Ja, es gibt hier eine Oberburg und eine Unterburg, aber das hat nichts mit Ritterburgen zu tun! Das eine ist ein ganz normales Wohnhaus und das andere ist ein Bauernhof, der Frenzenhof am Anfang der Jennerstraße. Wir haben ja noch viele von diesen Höfen hier. Siehst du, da direkt gegenüber, das ist der Schreierhof."

Fanette betrachtete das schöne Wohnhaus neben der Toreinfahrt. Jeweils drei Fenster in zwei Reihen saßen dort übereinander, alle mit grünen Fensterläden. Ganz oben war ein einzelnes Fenster im Gemäuer, wo schon die Dachschrägen begannen.

„Bis du hier zu Besuch?", fragte die Frau.

Fanette nickte. „Bei den Königs."

„Kenn ich nicht", sagte die Frau. „So viele Leute sind in den letzten Jahren hierhergezogen, die kann man nicht alle kennen."

„Kennen Sie denn noch Susi und Wolfgang?" Fanette ergriff die Gelegenheit beim Schopf. Diese Einheimische kannte zwar die neueren Bewohner des Dorfes nicht, aber vielleicht die alten.

Die Frau stutzte. „Susi und Wolfgang? Ich weiß nicht, wer das sein soll. Weißt du die Adresse?"

Schade, dachte Fanette, aber vielleicht wusste die Frau ja tatsächlich nichts. Oder konnte sie sich nicht erinnern?

„Das ist schon ziemlich lange her, im Krieg müssen die hier gewohnt haben", sagte Fanette.

„Im Krieg? Hör mir bloß auf mit dem Krieg. Überall gibt es jetzt wieder Krieg. Wird die Menschheit denn niemals klüger?"

Fanette war von der Heftigkeit, mit der die Frau sprach, überrascht. Zum Glück sprach sie jetzt wieder etwas ruhiger.

„Wenn du was von früher wissen willst, dann fragst du am besten Mannebachs Änni. Die wohnt da drüben und macht den ganzen Tag nichts anderes, als in die alten Zeiten zu starren!" Damit drehte sie sich um und ging grußlos davon.

Merkwürdiges Völkchen, dachte Fanette und wandte sich zur Hauptstraße. Wo sollte diese Änni wohnen? Da drüben? Konnte sie da so einfach hingehen?

Das Haus war viel kleiner als das Wohnhaus des Schreierhofes. Es hatte drei Fenster auf seiner Stirnseite und weiße Fensterläden. Der Eingang lag unter einem Vordach.

Fanette klingelte. Sie wartete. Niemand machte auf.

9
Änni Mannebach, geborene Schreier, hört noch gut

Änni Mannebach wunderte sich. Sie hatte das Läuten an der Haustür sehr wohl gehört. Aber sie ging nie zur Tür. Wie hätte sie das schaffen sollen, ohne die Treppe hinunterzufallen? Wer zu ihr wollte, hatte einen Schlüssel oder sprach sich vorher mit Grit, ihrer Nichte ab, die sie versorgte, ihr das Essen brachte und das Zimmer sauber machte. Geläutet hatte schon lange niemand mehr bei ihr. Alle wussten, dass sie nicht aufmachte. Wer konnte das also gewesen sein? Wer traute sich, den Geist des Dorfes aus seiner Höhle zu locken? Die Kinder trauten sich ja nicht einmal, Klingelmäuschen bei ihr zu machen. Änni Mannebach konnte sich vorstellen, was die Erwachsenen ihnen erzählten.

Wahrscheinlich ganz ähnliche Dinge, wie die, die in ihrer eigenen Kindheit die Runde gemacht hatten. Damals hieß es: Pass op, der Jeisse-Jüdd kütt dich holle! Pass auf, der Ziegen-Jude kommt dich holen! Der Jeisse-Jüdd hatte lange vor ihrer Zeit im Dorf gelebt, ein armer Mann, der mit seinen Ziegen durch die Gegend gezogen war und sich damit so eben über Wasser halten konnte. Er lebte am Ortseingang in einem der winzigen, heruntergekommenen Häuser und diente noch lange nach seinem Tod als Drohung für ungehorsame Kinder.

Änni Mannebach freute sich insgeheim, dass sie seine Nachfolge angetreten hatte.

Mit Jüdde Mäx und seiner Familie, mit Jenny, Susi und Wolfgang hatte dieser Jeisse-Jüdd nichts zu tun. Er war nur einer von den Juden, die schon vor Jüdde Mäx im Dorf gelebt hatten. Sogar ein Bethaus hatten sie auf der Hauptstraße gehabt, in dem sie sich am Schabbat oder an den jüdischen Feiertagen versammelt hatten. Ännis Großmutter konnte sich damals, als Änni ein Kind war, noch daran erinnern. Doch dieses Bethaus war 1905 schon geschlossen worden, weil keine zehn Männer mehr zusammenkamen, damit das Gebet abgehalten werden konnte. Die jüdischen Dörfler wanderten woandershin, als Trödler und Handelsreisende waren sie sowieso oft unterwegs. Nur Josef Stock hatte es bis zum Viehhändler und Metzger gebracht und sich ein ansehnliches Geschäft aufgebaut. Wer einen Käufer für ein Stück Vieh suchte oder selbst eine neue Kuh oder einen neuen Ochsen kaufen wollte, der ging zu Jüdde Jupp und Jüdde Mäx. Sie reisten zu den Viehmärkten in der Umgebung, und man konnte sich darauf verlassen, dass sie gute Tiere mitbrachten. Alle vierzehn Tage wurde außerdem bei ihnen geschlachtet, und nicht nur Fliestedener wollten Fleisch von ihnen. Mer jonn nit nom christliche Jüdd, mer jonn direkt nom Jüdd! Wie oft hatte Änni diesen Spruch gehört und sich nichts dabei gedacht. Typisch rheinischer Humor eben. Es lag ja auch eine Anerkennung darin –

wenn schon Halsabschneider, dann nehmen wir doch lieber den, bei dem die Ware ausgezeichnet ist. Längst wusste sie, dass sich in solchen Sprüchen ein Gift verbarg, das den Menschen den Verstand rauben konnte.

10
Dringende Nachfrage

Moumouche, was ist los, warum meldest du dich gar nicht? Fanette saß bei den Königs in der Küche und wartete immer noch auf eine Antwort. In zehn Minuten musste sie Emil vom Kindergarten abholen. Konnte Moumouche ihr denn nicht endlich mal eine Nachricht schreiben?!
Pling
hast du vergessen, dass es auch noch so was wie schule gibt? handyverbot!
Ja, ja, ja. Hatte vergessen, dass du so ein Streber bist und dich dran hältst!
☺ was willst du denn? ist dir etwa langweilig im dorf?
Blödmann! Ich brauch mehr Infos. Du musst Monsieur Schatz nach der Adresse von Susi und Wolfgang fragen!
okay, aber später. ich seh ihn erst abends. muss jetzt erst mal zu mir nach haus, hab die unterhosen vergessen.
Fanette grinste.
Okay, bis später, aber dann per Mail am Computer, okay?
okidoki!
Fannette klappte das Handy zu.
„Bist du immer noch da?" In diesem Augenblick kam Sabine aus dem Keller herauf. „Du musst los! Emil wartet sicher schon!"
Fanette sprang auf und steckte das Handy in die Hosentasche.
„Bin schon weg!"

Als sie beim Kindergarten ankam, saß Emil noch in der Sandkiste und hatte überhaupt keine Lust, schon nach Hause zu gehen.

„Emil, wir schließen gleich!", rief die Kindergärtnerin, doch das beeindruckte den Jungen überhaupt nicht.

„Von mir aus kannst du hier auch übernachten", sagte Fanette und lehnte sich lässig gegen einen Pfosten.

„Ich will ein Eis!" Emil warf eine Handvoll Sand in die Höhe und wartete, was passieren würde.

Kleiner Erpresser, dachte Fanette.

„Hier gibts doch gar kein Eis!", antwortete sie.

„Oh, doch!", rief Emil, krabbelte aus der Sandkiste und kam angerannt. „Ich weiß, wo."

„Ach, Unsinn", sagte Fanette, „du kannst ruhig weiterspielen.

„Nein!", schrie Emil und stampfte mit dem Fuß auf. „Im Laden gibts Eis. Komm endlich."

Am kleinen Lebensmittelgeschäft war Fanette am Morgen schon vorbeigekommen. Ein winziger Laden an der Hauptstraße war das, wo im Schaufenster zwischen Plastikblumen ein riesiges Stofftier-Einhorn saß. Als Emil die gläserne Tür daneben aufstieß, las Fanette auf einem der Plakate, die dort hinter der Scheibe klebten: Dorffest in Geyen mit den Creeky Bones, 15 Uhr großes Kinderprogramm.

Emil war schon im Laden verschwunden und rannte den langen Gang zwischen den Regalen entlang, schlug am Ende einen Haken und stand vor der Eistruhe.

„Heb mich hoch!", befahl er, denn um in die Truhe hineinzuschauen, war er noch zu klein.

„Schau doch auf die Karte hier", schlug Fanette vor und machte ihn auf das Plastikschild aufmerksam, das wie ein Surfbrett aussah. Darauf waren alle Eissorten in grellen Farben abgebildet. Emil studierte eingehend die Karte und fuhr mit dem Finger an den bunten Bildern entlang.

Fanette sah ihm zu, lehnte sich dabei mit der Hüfte an die Eistruhe und betrachtete die Regale. Dieser Laden sah aus, als wäre er aus einer anderen Zeit hierher gebeamt worden. All die Waren, die in einem großen Supermarkt viele Regalmeter einnahmen, waren auf engstem Raum zusammengequetscht. Es war ein bisschen dämmrig zwischen den Gängen, in denen ein Geruch festhing, der eine Mischung aus Waschmitteln, Suppenwürze und Moder war.

„Brauchst du noch lange, Emil?"

Der Junge war so versunken in das riesige Eissortiment, dass er gar nicht reagierte. Dafür drang nun das Gespräch an Fanettes Ohr, das einige Kunden, verborgen von den Regalen, im Gang nebenan miteinander führten. Sie wurde aufmerksam, weil eine Stimme darunter war, die sie am Morgen schon einmal gehört hatte.

„Nein, Pitter, ich gucke keine Nachrichten mehr. Immer das ganze Marschieren und Protestieren. Das ist ja schlimm. Kathi, weißt du noch, das fing dreiunddreißig mit den Nazis genauso an. Und da mussten wir auch immer ‚Heil Hitler' sagen, immer grüßen. Das weißt du doch noch! Und wer das nicht tat, der kriegte einen drauf. Mein Vater, der war sehr fromm und alles. Der wurde manchmal runtergemacht von den Nazis, die wir hier im Dorf hatten. Das wissen wir ja noch, das war der Herr Mies, das war ja hier der Boss in Fliesteden. Der war der richtige Nazi, und der hatte ja seine treuen Begleiter hier alle. Und die haben ja auch die Juden – haben die ja dann auch ausgemistet alles. Und alles kaputtgeschlagen."

Eine andere Stimme antwortete: „Ja, das war so. Aber Odilia, wie kommst du denn jetzt da drauf? Das ist doch schon so lange her! Das ist zum Glück schon lang vorbei."

Fanette spürte, wie Emil sie am Ärmel zog.

„Das da will ich!", sagte er und zeigte auf das Eis, das einen Kaugummistiel hatte. Fanette suchte in der Truhe danach.

„Gibt es nicht!"
Emil ließ sich wieder vor der Eiskarte nieder.
„Kannst du nicht den *Flutschfinger* nehmen?"
Emil überlegte kurz. „Okay!" Das wäre sowieso seine zweite Wahl gewesen.

Als sie zur Kasse am Eingang des Ladens kamen, schaute Fanette sich kurz um. Zwischen den Gängen waren keine anderen Kunden mehr zu sehen.

Am Abend, als die Jungen endlich im Bett lagen, wollten Sabine und Jochen wissen, wie Fanette das Dorf denn gefalle. Hatte sie sich an ihrem ersten Tag hier nicht gelangweilt?

„Och", meinte Fanette, „eigentlich ist es ganz schön hier." Und dachte im nächsten Moment: Ob es an jedem Ort eine unsichtbare Vergangenheit gibt, die nur im Verborgenen lebt? Zählt nur die Gegenwart?

Sabine goss sich ein Glas Wein ein.

„Gibts nicht auch einen Sprachkurs für die Schüler aus Frankreich?", fragte sie.

„Ja, aber den brauch ich nicht zu machen", sagte Fanette und lachte. „Ich muss stattdessen einen Aufsatz schreiben. Über das Dorf!"

Jetzt war es Jochen, der lachte. „Morgens geht die Sonne auf, abends geht sie unter!"

Sabine stimmte mit ein. „Willst du eigentlich auch ein Glas Wein?"

Fanette lehnte dankend ab. „Ich dachte, ich könnte vielleicht mal Änni Mannebach besuchen."

Sabine und Jochen sahen sich gleichzeitig und ziemlich erstaunt an.

„Gibts ja nicht! An deinem ersten Tag hast du schon von Mannebachs Änni gehört! Ganz schön flott", sagte Jochen.

„Kennt ihr sie?", fragte Fanette.

Sabine winkte ab. „Kennen ist zu viel gesagt. Wir haben von ihr gehört. Sie ist eine von den ganz Alten und ein leibhaftiges Gerücht."

„Wieso?"

„Angeblich sitzt sie die ganze Zeit an ihrem Fenster im ersten Stock und schaut auf die Straße hinunter, und zwar genau auf die Ecke, wo sich der Schreierhof befindet."

„Vielleicht irgendein Familienstreit", sagte Jochen. „Sie ist auf jeden Fall eine geborene Schreier und auf dem Hof aufgewachsen. Aber da haben längst ihre Nachkommen die Regie übernommen."

Sabine leerte ihr Glas.

„Ich glaube, sie hat eine Zeit lang woanders gelebt. Als sie dann nach vielen Jahren zurückkam ins Dorf, hat sie das Haus gegenüber gekauft und guckt nur noch aus dem Fenster."

Jochen lehnte sich im Sessel zurück. „Irgendwie ein bisschen spooky, oder?"

Dann schaltete er den Fernseher ein.

„Gute Nacht", sagte Fanette und ging auf ihr Zimmer.

11
Langsame Antwort

Der Computer war schon alt, Jochen wollte ihn eigentlich längst verschrottet haben, hatte dann aber gedacht, dass Fanette ihn vielleicht noch gebrauchen könnte, solange sie bei ihnen war.

Seine Langsamkeit brachte Fanette fast um den Verstand. Es dauerte eine gute halbe Stunde, bis sie ihr Emailprogramm einigermaßen ruckelfrei aufrufen konnte. In der Zeit hatte sie sich geduscht, die Zähne geputzt und die restlichen Sachen aus ihrem Koffer in den Schrank geräumt!

hi, fanni,
aron schläft, aber ich soll dir schöne grüße bestellen!
ich werde das gefühl nicht los, dass der alte mann ziemlich aufgeregt ist. ich glaube, er findet deine reise anstrengender als du selbst. er hat gesagt, das haus von susi und wolfgang (wer ist das eigentlich?) war genau gegenüber vom schreierhof. man trat aus der haustüre, lief über den gehweg und geradewegs ins hoftor auf der anderen Seite hinein. reicht dir das?
deine mutter kam übrigens heute abend kurz vorbei und fragte, ob wir was brauchen ☺
tschöö
m

Fanette betrachtete diese Mail und sah gleichzeitig das grüne Hoftor vor sich. Sie hatte also schon vor dem Haus von Susi und Wolfgang gestanden, aber nichts davon geahnt!

Sie musste diese geheimnisvolle Änni treffen, egal, wie verrückt die war! Wenn es auch nur die geringste Chance gab, dass Änni etwas von früher erzählen konnte, würde sich Fanette in dieses Spukhaus hinein wagen. Spukhaus? Glaubten erwachsene Leute tatsächlich an sowas?

Und dann sagte dieser Moumouche auch noch „Tschöö". Ein typischer Aron Schatz-Ausdruck. Nie hatte sie irgendjemanden dieses Wort sagen hören. Es gehörte doch nur ihnen beiden! Fanette wurde das Gefühl nicht los, dass es mit dieser Exklusivität vorbei war.

12
Am gleichen Montagabend in Paris

Aron Schatz hörte, wie Moumouche in sein Zimmer verschwand und die Tür leise hinter sich zuzog. Hatte er gedacht, der alte Knacker würde schlafen? Aron Schatz schaute in die Dunkelheit, die keine war. Die Laternen unten auf der Straße warfen ihr Licht bis hinauf in die dritte Etage und malten dort Schatten an die Wand.

Genau einen einzigen Versuch hatte er nach dem Ende des Krieges unternommen, noch einmal nach Fliesteden zu gelangen, nachdem er aus Kanada zurückgekehrt war. Zuerst war er durch die zerstörten Straßen und die unendlich vielen Trümmer nach Hause in die Metzerstraße gegangen. Das Haus, in dem er gewohnt hatte, stand noch, aber die Leute sahen ihn an, als wäre er ein Geist, der just in diesem Moment aus einer vergessenen Flasche im verborgensten Winkel eines Kohlenkellers seinen Weg an die frische Luft gefunden hatte. Nun gut, er sah ja auch aus wie ein Geist, hohlwangig mit riesigen Augen im abgemagerten Gesicht, jeder einzelne Knochen war unter der Haut zu sehen.

„Du willst in Kanada gewesen sein?", fragte ihn der Hausbesitzer aus der Nummer 12. „Ich dachte, das sei ein reiches Land und man lebe dort in Ruhe und Frieden?"

Aron dachte an die Welt der Lager, aus der er kam. Wussten diese Deutschen wirklich nichts davon?

„Frag nicht nach Kanada!", hatte Aron ihm geantwortet.

„Und du nicht nach eurer Wohnung!"

Ihre alte Wohnung war in einer Bombennacht ausgebrannt und nach einer spärlichen Reparatur wohnten nun andere Menschen darin. Von den ehemaligen Nachbarn wollte ihn niemand wiedererkennen. Sie wandten die Gesichter ab, als sie ihn sahen, und so zog er eine Woche lang durch seine zerstörte Heimatstadt, kampierte in leeren Kellern und verlassenen Wohnungen und klapperte all die Plätze ab, an denen er früher jemanden gekannt hatte. Niemand wusste, wie man nach Fliesteden gelangen sollte und niemand besaß ein Fahrrad. Ein Fahrrad war die einzige realistische Möglichkeit, die sich denken ließ. Aron war nicht sicher, ob er es zu Fuß schaffen würde.

An einem dieser Tage war er in einem Stadtteil, in dem viele Häuser stehen geblieben waren, an einer ehemaligen Milchhandlung vorbeigekommen. Seine Mutter, die selige Machale, hatte dort eine Weile Milchkannen gespült und den Boden der Halle gewischt. Wie lange war das her? Aron kam es vor, als lägen Jahrhunderte dazwischen. Vielleicht gab es in dieser Milchhandlung noch ein Fahrzeug? Aber er kannte dort ja niemanden, hatte seine Mutter nur ein- oder zweimal nach der Arbeit abgeholt.

Als er die Toreinfahrt betrat, kam ihm eine junge Frau entgegen und blieb plötzlich erschrocken vor ihm stehen.

„Aron? Aron! Bist du es wirklich?"

Aron Schatz erkannte die Stimme sofort. Die Frau senkte den Ton an manchen Stellen unnatürlich tief ab und gab damit jedem Satz einen eigentümlichen Klang.

„Änni?"

Als er sie das letzte Mal gesehen hatte, war auf dem Schreierhof die Ernte in vollem Gange gewesen. Alle, auch die Kinder, hatten mitgeholfen und am Ende ein Fest gefeiert. Die Kinder wurden hoch hinauf auf den Heuwagen gehievt und Blatte Hennes hatte seine Kamera geholt und fotografiert, wie sie dort oben thronten. Tausend Jahre musste das her sein oder vielleicht auch nur sieben oder acht.

Aus der Änni, die genauso alt war wie er selbst, war eine große junge Frau mit breiten Schultern geworden, die ganz offenbar keinen Hunger gelitten hatte in den letzten Jahren.

„Was machst du hier in Köln?", fragte er sie.

Änni sah ihn selbstbewusst an. „Der Händler hier kauft die Milch von uns."

Vor drei Monaten erst war der Krieg beendet worden, die Stadt lag in Schutt und Asche, doch die Geschäfte liefen schon wieder!

„Ein Glück, dass wir in Fliesteden vom Schlimmsten verschont geblieben sind und noch Kühe haben. Die Menschen brauchen jetzt Milch, um nicht zu verhungern."

„Und was ist mit den Stocks? Änni, wo sind Susi und Wolfgang und Tante Jenny und Onkel Max?"

Obwohl er wusste, was mit den Menschen in den Lagern geschehen war, hatte Aron Schatz doch immer die heimliche Hoffnung gehabt, dass gerade diese Nachbarn seine Verwandten beschützt hätten, wie sie es doch so oft getan hatten. Ewig bestand diese Nachbarschaft schon. Jeden Tag waren sie dort drüben ein und aus gegangen, man hatte sich geholfen, miteinander Radio gehört, über dieselben Witze gelacht.

Wie all die anderen, die seit Generationen in Fliesteden verwurzelt waren, hatten auch die Vorfahren der Familie Stock schon seit über hundert Jahren in Fliesteden gewohnt.

Änni Schreier senkte den Blick und sagte nichts. Schließlich kam ihr ein einziges Wort über die Lippen.

„Abgeholt."

In Aron Schatz' Ohren explodierte es in hundertfacher Lautstärke. Der alte Aron erinnerte sich genau, wie dieses eine Wort ihn damals in Stücke gehauen hatte. Wie das schärfste von Onkel Maxens Schlachtermessern war ihm dieses „Abgeholt" in die Eingeweide gefahren. Abgeholtabgeholtabgeholt. Wofür hatte er überlebt?

Sie standen stumm beieinander, bevor dieses eine Wort sie für immer voneinander trennte. Wie in Trance drehte sich Aron Schatz um und ging davon. Doch Änni lief hinter ihm her, wobei sie gleichzeitig in ihrer Handtasche kramte. Als sie Aron eingeholt hatte, drückte sie ihm eilig einen Zettel in die Hand.

„Deine Tante konnte ihn am Ende schließlich doch nicht mitnehmen."

Im nächsten Augenblick war Änni verschwunden. War sie einfach weitergegangen oder war sie gerannt? Aron Schatz wusste es nicht mehr. Er hatte den Zettel in seine Hosentasche gesteckt und erst am nächsten Morgen wieder hervorgeholt, als er auf einem offenen Lastwagen unter einer ganzen Ladung leerer Kohlensäcke erwachte, unter denen er sich versteckt hatte. Der Wagen rumpelte über zerbombte Straßen in Richtung Paris und Aron las: *Schneidermeister Gottfried Johnen, Damen – Herren – Maßarbeit – Ein schwarzer Damenmantel, zur Aufbewahrung.*

13
Fanette gibt nicht auf

„Jetzt bist du schon die ganze Woche früh aufgestanden und hast Emil in den Kindergarten gebracht." Sabines Stimme klang nach schlechtem Gewissen. „Ich kann das gerne auch einmal wieder machen!"

Fanette trank ihren Kaffee aus. „Kein Problem, ich mache das gern. Morgens ist noch am meisten los in diesem Dorf!"

Jochen lachte. „Da weißt du mehr als wir!"

Tatsächlich wusste Fanette gar nichts. Morgens war in diesem Dorf genauso wenig los wie mittags oder abends. Morgens fuhr die Postbotin auf ihrem Fahrrad an Fanette vorbei, nachmittags radelten einige Mütter vom Kindergarten zurück nach Hause. Ab und zu brummte ein Traktor vorüber und manchmal standen einige alte Frauen vor dem kleinen Kaufladen beisammen und schwatzten. Sobald es Mittag wurde, fiel das Dorf in einen Dornröschenschlaf, als hätte sich tatsächlich eine Prinzessin an der Spindel gestochen. Nachmittags ging Fanette mit den Jungen an den Feldern entlang, die direkt hinter dem Haus begannen, oder brachte Jakob zum Fußballtraining. Vor dem Kiosk an der Hauptstraße saßen dann manchmal ein paar Leute auf Campingstühlen beieinander und tranken Kaffee. Wahrscheinlich nur die Besitzer und ihre Freunde, denn es waren immer dieselben.

Und trotzdem gab es hier etwas zu erforschen, eine verborgene Vergangenheit, die unter der Oberfläche schlummerte. Was Fanette schon herausgefunden hatte, war, dass die Vergangenheit zwar anwesend war, sich aber niemand gerne daran erinnerte. Außer vielleicht Änni Mannebach. Doch deren Haus war jeden Tag dieselbe stumme Festung. Die ganze Woche über hatte Fanette immer wieder an der Tür geklingelt, doch niemand hatte aufgemacht. Vielleicht war die Frau längst gestorben und noch niemand hatte sie gefunden?

„Fertig!" Emil sprang die letzte Stufe der Treppe im Hausflur herunter und nahm Fanettes Hand.

„Wir können!", rief er fröhlich und öffnete die Tür.

Nachdem sie mit Emil beim Kindergarten angekommen war und er ihr zum Abschied wie immer hinterher gewinkt hatte, begann Fanette ihren Dorfrundgang. Sie ging Richtung Ortseingang und nahm dann den Weg, der in einem großen Bogen am Golfplatz vorbei zum Schreierhof führte. Dort stand sie, wie jeden Tag, und betrachtete das Haus gegenüber. Das konnte nicht das alte Haus der Familie Stock sein, das war ihr völlig klar! Sie hatte es schon mehrfach mit dem Foto von damals verglichen. Die hölzerne Tür, an der Susi an ihrem ersten Schultag gestanden hatte, war nicht mehr da. Und auch sonst sah es viel zu modern aus. Wahrscheinlich war das ursprüngliche Haus der Familie Stock irgendwann abgerissen und durch dieses neue Haus ersetzt worden.

Fanette stellte sich mit dem Rücken vor dieses Haus und ließ den Blick rundum schweifen. Sie versuchte sich vorzustellen, was Aron Schatz an ihrer Stelle gesehen hatte. Wahrscheinlich so ziemlich genau das, was sie jetzt auch sah. Das gegenüberliegende Haus mit den grünen Fensterläden, das Hoftor, die Mauer links daneben, den folgenden Bauernhof und auf der rechten Seite die Hauptstraße. Auch Susi und Wolfgang mussten jeden Morgen dasselbe gesehen haben.

„He, du!"

Von der Hauptstraße her rief jemand und Fanette wandte den Kopf in diese Richtung.

„Ja, du."

Eine Frau mittleren Alters stand an dem Haus, an dem Fanette schon so oft geläutet hatte und winkte sie heran.

Fanette lief hinüber.

„Ich?"

„Ja, komm herein! Tante Änni kann nicht selbst aufmachen. Aber jetzt treffe ich dich endlich einmal. Hab ihr gerade das Frühstück gebracht. Geh ruhig nach oben. Du wirst sie schon finden." Damit zog die Frau die Tür hinter sich zu und war verschwunden. Fanette stand in einem dämmrigen Flur, in dem ein paar Kleiderhaken an der Wand hingen. Ziemlich leer und unbewohnt sah es hier aus. Sie ging weiter zur hölzernen Treppe, die nach oben führte, und lugte dabei vorsichtig in die Zimmer hinein, an denen sie vorbeikam. Leer. Kein Möbelstück, nirgends, nur Gardinen hingen noch vor den Fenstern und eine einsame Plastikblume stand in einer kupfernen Vase davor.

Vorsichtig ging Fanette die Treppe hinauf, die bei jedem Schritt unter ihren Füßen knarrte. Oben angekommen, bot sich das gleiche Bild, wieder standen einige Türen offen, sie sah in leere Zimmer, nur Gardinen vor den Fenstern, diesmal keine Plastikblumen.

„Ganz vorne!", rief eine Stimme mit einem brüchigen, dunklen Ton darin.

Fanette folgte ihr und drückte die Tür auf, die nur angelehnt war.

Ein schmaler Sonnenstrahl fiel von rechts durch das Fenster und hüllte Änni Mannebach, die in ihrem Rollstuhl saß, in ein glühendes Licht. Aber musste sie deshalb gleich eine Sonnenbrille tragen?, fragte sich Fanette unwillkürlich.

„Da bist du ja", sagte die Stimme, wieder mit dieser merkwürdigen Melodie. „Komm, setz dich zu mir!"

Fanette erfasste mit einem Blick den ganzen Raum, eine Oase inmitten dieses leeren Hauses. Das Krankenbett, das an der gegenüberliegenden Wand stand, war das einzige moderne Möbelstück. Alles andere stammte aus einer anderen Zeit. Der runde Tisch mit den frischen Blumen darauf und den drei Stühlen drum herum, ein großer altmodischer Schrank, eine Kommode, auf der eine ganze Reihe gerahmter Fotos stand und daneben eine Standuhr, die unerbittlich die Zeit in Sekundenstückchen zerhackte. Fanette nahm den Stuhl, der am nächsten stand, stellte ihn neben Änni Mannebach ans Fenster und setzte sich.

„Du bist hartnäckig."

Augenblicklich fühlte sich Fanette wie eine Angeklagte, die zum Verhör einbestellt war.

„Aber ... wieso denken Sie ...?"

Änni Mannebach beendete Fanettes Gestammel, indem sie sagte: „Ich hab dich gesehen. Meine Augen sind zwar nicht mehr ganz so gut wie früher, aber was ich gesehen habe, habe ich gesehen. Seit einer Woche stehst du jeden Morgen da drüben auf der Straße. Und kurz darauf klingelt es bei mir. Man muss nicht Sherlock Holmes sein, um beides miteinander zu kombinieren."

Einen Sekundenbruchteil lang dachte Fanette: Im Dorf schauen die Leute ganz genau, was die anderen machen. Sollte sie das in ihrem Aufsatz über das Dorf erwähnen?

„Sitzen Sie jeden Morgen am Fenster und schauen da unten auf die Straße?"

Änni Mannebach seufzte. „Morgens, mittags und abends. Es ist das letzte, was ich noch tun kann. Ich habe diese Aufgabe freiwillig übernommen und werde sie bis zum Ende ausführen und die Ecke da unten nicht aus dem Blick verlieren. Wer sollte es sonst tun?"

Fanette erhob sich ein Stückchen um herauszufinden, was Änni Mannebach sah, wenn sie hinunterschaute. Es war nichts anderes als die Straßenecke, an der sich der Schreierhof und das ehemalige Haus der Familie Stock gegenübergestanden hatten.

Fanette wagte einen Versuch. „Susi und Wolfgang?"

Änni Mannebach nahm erschrocken die Brille ab und begann sie an ihrer Jacke zu putzen.

„Was weißt du von Susi und Wolfgang?"

Fanette spürte deutlich die Schockwirkung, die diese beiden Namen bei Änni Mannebach auslösten.

„Ich weiß nur, dass sie mit Aron Schatz verwandt sind."

Änni schaute Fanette ungläubig an. „Aron ... Schatz? Hieß der nicht Wilczynski?"

Die alte Frau rang um Fassung. Auch Fanette war ein bisschen irritiert. Es gab ganz offensichtlich noch mehr Geheimnisse, als nur die, denen sie sowieso schon auf der Spur war.

„Ich komme aus Paris. Dort ist Aron Schatz mein Nachbar", sagte Fanette schnell.

„Und er hat dir von Susi und Wolfgang erzählt?"

„Nicht viel."

Änni Mannebach sah in Richtung des Fensters und schien gleichzeitig in eine weite Ferne zu blicken.

„Wie hat er überlebt?", fragte sie schließlich.

Fanette fühlte sich in diesem Moment etwas überfordert. Sie kannte nur den lebenden Aron Schatz, den fantasievollen Aron, den spazieren gehenden Aron, den pfeifenden Aron, den alten Aron, um den man sich kümmern musste. Dass er ein Überlebender war, daran hatte sie noch nie gedacht.

„Aron war in Kanada hat er gesagt."
Änni schaute wieder zu Fanette.
„Kanada? Unmöglich! 1941 hab ich ihn zum letzten Mal hier im Dorf gesehen, da konnte kein Jude mehr nach Kanada ausreisen. Und auch sonst nirgendwohin."

Die alte Frau atmete schwer, dachte an das Gerippe, das ihr 1945 vor der Milchhandlung begegnet war und machte eine sehr lange Pause. Ihr fiel ein, was sie einmal in einem Buch über das Konzentrationslager Auschwitz gelesen hatte. Dort hatte es eine Abteilung gegeben, in der die Wertgegenstände der Häftlinge sortiert, aufbewahrt oder wiederverwertet worden waren. ‚Kanada' hatten sowohl die Insassen als auch das Lagerpersonal diese Abteilung genannt. So einen Reichtum, stellten sie sich vor, gab es sonst nur in diesem fernen Land. Sollte Aron in dieser Abteilung gewesen sein?

Fanette wusste nicht, was sie tun oder sagen sollte. Einfach abwarten oder lieber gehen?

Viele Minuten vergingen, bis Änni sich ihr wieder zuwandte.

„Komm morgen wieder, ja? Ich muss mich ausruhen. Und nimm einen Schlüssel mit. Drüben in der Schublade liegen welche."

„Kann ich noch irgendetwas tun?" So plötzlich wie dieser Besuch begonnen hatte, war er auch schon wieder beendet. Fanette war immer noch erschrocken über die starken Reaktionen, die sie hervorgerufen hatte. Konnte sie die alte Frau allein lassen oder sollte sie vielleicht Hilfe holen?

„Nein, nein, ich bin nur erschöpft und muss mich ausruhen. Morgen erzähle ich dir mehr."

Fanette nickte und stellte den Stuhl, auf dem sie gesessen hatte, zurück an den runden Tisch. Als sie an der Kommode vorbeikam, fiel ihr Blick auf ein Foto, das sie sehr gut kannte. Automatisch griff sie danach. Die Kinderschar, aufgereiht in zwei Reihen, Susi und Wolfgang in der Mitte, Susi mit dem Ball in der Hand.

„Was ist?" Änni Mannebach hatte sich zu Fanette umgewandt. Fanette kam mit dem Foto zurück zu ihr ans Fenster. Änni Mannebach nahm es und betrachtete es lange.

„Ja, das waren wir an einem Sonntag, hinten bei uns an der Gartenlaube. Das Blumenkleid hatte Tante Jenny für mich genäht."

Fanette betrachtete das Mädchen mit den Zöpfen, das neben Susi zu sehen war. Gleich würden sie weiter Ball spielen.

14
So viele Fragen!

Als Fanette zurück ins Haus der Königs kam, war sie aufgewühlt und froh, dass niemand zu Hause war. Sie stellte den Computer an und machte sich etwas zu essen, während er hochfuhr. Doch nach dem ersten Bissen war sie schon satt.

Hallo Moumouche,

gerade ist etwas Unglaubliches passiert! Ich war bei einer Frau, die Aron vor langer Zeit gekannt hat. Und seine Verwandten hier im Dorf auch. Frag ihn nach Änni Mannebach!

Gleich schicke ich dir ein paar Fotos, die ich mit dem Handy vom Dorf gemacht hab. Vielleicht will er sie sehen!

Und sonst? Wie gehts euch?

Ach, da fällt mir noch was ein: Kanada! Aron hat mir erzählt, dass er dort war während des Krieges. Irgendwas kann damit nicht stimmen. Vielleicht hat er nur die Zeit durcheinandergebracht?

Liebe Grüße, Fanette

Kanada – merkwürdig war das! War es ihm vielleicht doch gelungen, auf geheimen Wegen aus Deutschland herauszukommen? Oder hatte er sich irgendwo verstecken können? Warum nannte er das Kanada? Sollte sie den Einwand von Änni Mannebach ernst nehmen?

Fanette schickte die Mail ab und überlegte, ob sie ihrer Mutter vielleicht auch schreiben sollte. Aber was? Alles, was sie zu sagen hatte, würde die schlimmsten Befürchtungen ihrer Mutter nur bestätigen. Sie startete einen Versuch.
Hi, Mam,
mir gehts gut! Wie gehts dir?
- gelöscht!
Bonjour Maman,
hier ist nicht viel los, aber es ist trotzdem spannend. Betätige mich als Vergangenheitsforscherin. Und – keine Sorge, ich vermisse dich nicht!
- gelöscht!
Oh, Mann!
Chère Maman,
es geht mir gut! Sabine, Jochen und die beiden Jungs sind sehr nett. Jeden zweiten Tag fahren wir nach Köln und besuchen ein anderes Museum. Tolle Stadt!
- gelöscht!
Ich werde ihr lieber eine Postkarte schreiben, dachte Fanette, vielleicht fällt mir dann mehr ein.

Als sie das Mailprogramm gerade schließen wollte, sah sie Moumouches Antwort.

hi fanette,
ich dachte schon, du meldest dich überhaupt nicht mehr
werde aron die fotos später zeigen, er macht gerade ein schläfchen.

Überlege, was ich heute kochen soll
fischstäbchen mit kartoffelpüree?
schweißfüße auf sauerkraut zum andenken an dich?
das gibts in deutschland doch sicher jeden tag
ist es nicht komisch, in einer fremden vergangenheit herumzuwühlen?
hoffentlich gibt es auch ein paar gute erinnerungen
machs gut, du maulwurf,
M

Aus den schwarz-weißen Buchstaben hörte Fanette deutlich Moumouches Stimme heraus und musste lachen. Typisch Moumouche! Allerdings war es ziemlich merkwürdig, dass er um diese Zeit zu Hause war und nicht in der Schule!

Hey, dickes M, sag mal, schwänzt du die Schule oder was ist bei euch los?
Muss ich mir Sorgen machen?

Kaum hatte Fanette diese Frage losgeschickt, machte sie sich tatsächlich Sorgen.
Fischstäbchen, Kartoffelpüree, Sauerkraut? – War das vielleicht nur eine Verschleierungstaktik?

was heißt hier dickes M? ich bin rank und schlank wie immer ☺
kriegst du denn gar nichts mehr mit in deutschland? Kannst froh sein, dass ich überhaupt noch lebe!
vorgestern hat die polizei in meinem viertel einen arabischen jugendlichen erschossen, eine ziemlich undurchsichtige geschichte, sofort sind einige spinner amok gelaufen und haben autos angezündet, die ganze nacht war der teufel los,

bin saufroh, dass ich aron bekochen darf, schule fällt erst mal aus, jedenfalls für die arabchiks

15
Aron schaut die Zimmerdecke an

Die Gegenwart. Interessiert mich die Gegenwart? Das Dorf, das ich auf diesem kleinen Handybildschirm sehe, ist mir fremd. Meine Erinnerungen, der Schatz, den ich hüte wie eine Kostbarkeit, das ist die eine Sache. Aber die Gegenwart, ehrlich gesagt, die lässt mich kalt. Wer heute dort lebt, den kenne ich nicht. Und diejenigen, die ich vielleicht noch kenne, sind nicht mehr die Gleichen wie früher. Menschen sind keine Steine, die immer gleich bleiben. Und selbst Steine verändern sich durch Wind und Regen innerhalb von Jahrtausenden. Ein Mensch, der achtzig oder sogar hundert Jahre lebt, hat viele Häutungen durchgemacht, manche Fehler eingesehen, die eine oder andere Meinung geändert. Wenn man ihm seine Aussprüche als Siebzehnjähriger vorhielte, würde er wahrscheinlich erschrecken. Der eine ist weicher geworden oder noch härter, der andere ist klüger geworden oder noch dümmer, als er schon war. Denen ist sowieso nicht zu helfen.

Änni ist tatsächlich noch da? Immer Glück gehabt? Immer auf die Füße gefallen? Nie ganz schuldig geworden und doch auch nie unschuldig geblieben. Wie wir alle. Vor ihr fürchte ich mich und bin froh, dass ich ihr nicht beggnen muss. Wie jemand mit seiner Vergangenheit umgeht, das ist seine Sache. Meine Wut und meine Trauer gehören mir. Auch sie haben sich verändert. Aber ich will Änni nicht verzeihen müssen. Deshalb ist es gut, dass Fanette dort ist und sich ihre eigene Meinung bildet. Die Gegenwart gehört ihr.

16
Änni, die eigentlich Mittagsschlaf halten will

Diese weißen Ärmelaufschläge, mein Gott, heute kann ich nicht mehr verstehen, warum es mir gerade dieses Detail so angetan hatte! Die weiße Bluse, die man beim Bund Deutscher Mädel zum dunklen Rock mit einem schwarzen Halstuch trug, war mein Ein und Alles. Sowohl die Sommerbluse mit den kurzen Ärmeln, als auch die andere mit den langen Ärmeln, waren bei mir ein Stückchen länger als die der anderen. Und dieses längere Stückchen klappte ich um. Ein weißer Ärmelaufschlag, der mich von allen anderen Mädeln unterschied. Das fand ich chic. Ich spüre noch immer die bewundernden Blicke der anderen, die mir hinterhersahen. Heute sind sie mir peinlich. Ich bin mir peinlich. Nicht nur wegen meiner Eitelkeit. Das eine oder andere Mädchen versuchte es mir nachzumachen, wenn es eine Mutter hatte, die eine Nähmaschine besaß und einigermaßen damit umgehen konnte. Aber niemand hatte – wie ich – eine so perfekte Weißnäherin wie Jenny Stock an der Hand. Sie war eine Künstlerin, die das Nähen gelernt hatte. Sie besaß zwar keine eigene Nähmaschine, hatte aber schon so oft unsere Maschine benutzt, dass ich meine ganze Kindheit über reichlich Gelegenheit gehabt hatte, ihr über die Schulter zu schauen. Ich brauchte sie nur zu fragen. Selbstverständlich hat sie mir die Aufschläge an die Ärmel genäht und so lange daran gearbeitet, bis sie perfekt saßen.

17
Schabbat

„Guten Morgen, Fanette! Willst du einen Kaffee?" Sabine hielt die Kanne noch in der Hand, als Fanette am Samstagmorgen in die Küche trat. „Wir wollten gerade das Wochenende besprechen."

„Willst du heute mitkommen zum Fußballspiel?", fragte Jakob erwartungsvoll. „Wir spielen um halb zwölf gegen Sindorf. Die haben keine Chance!"

„Na, warten wirs mal ab!", rief Jochen lachend und hielt Sabine seine Tasse hin. „Ich nehme gerne noch Kaffee."

Fanette nahm sich ein Glas aus dem Schrank und ließ an der Spüle Wasser hineinlaufen. „Kaffee lieber später", sagte sie.

„Und was ist mit Fußball?" Jakob ließ nicht locker.

„Ich habe Änni Mannebach versprochen, dass ich sie heute Vormittag besuchen komme. Tut mir leid."

Jakob streckte ihr die Zunge heraus.

„Also wirklich!" Sabine schüttelte den Kopf. „Was fällt dir ein? Fanette hat frei, genauso wie wir!" Sie nahm sich ein Brötchen und schnitt es in zwei Hälften.

„Willst du denn morgen mit nach Köln kommen? Dort ist verkaufsoffener Sonntag. Jochen will mit den Jungs ins Sport-Museum gehen und wir könnten eine Einkaufstour machen! Und anschließend gehen wir alle zusammen in ein richtiges Kölner Brauhaus."

„Jippieh!", schrie Emil. „Dann möchte ich aber eine Bratwurst mit Pommes!"

„Es gibt nur ein Problem", fuhr Sabine fort, ohne auf Emil zu achten, „wir müssen als Erstes bei Marlene vorbei, einer Frau aus einem meiner Yoga-Kurse. An ihrem Computer funktioniert etwas nicht und Jochen hat versprochen, danach zu schauen."

„Ist das die mit den Schildkröten?", wollte Jakob wissen.

„Wer weiß, wie lange das dort dauern wird", sagte Sabine.

Im nächsten Augenblick mischte sich Jochen ein: „Fanette, ich kann verstehen, wenn du keine Lust auf diesen Besuch hast. Komm doch später einfach nach! Der Bus nach Pulheim zum Bahnhof fährt an der Hauptstraße ab. Den kannst du gar nicht verfehlen."

„Meinst du denn, du schaffst das?" Sabine war nicht besonders glücklich mit diesem Vorschlag.

„Na, klar, kein Problem! Wisst ihr denn, wann dann in ... Pulheim – hieß das so? – ein Zug nach Köln fährt?" Ganz entgegen der Zuversicht, die sie hier verbreitete, war Fanette doch ein bisschen mulmig zumute bei dem Gedanken, diese Fahrt alleine machen zu müssen. Andererseits war sie dann unabhängig.

„Ich schau gleich in die Fahrpläne und suche dir ein paar Züge heraus!" Jochen war wirklich unkompliziert. „Wir treffen uns dann einfach in Köln am Dom, einverstanden?"

Fanette nickte.

„Aber jetzt muss ich los zu Änni Mannebach. Und du", Fanette schaute Jakob tief in die Augen, „keine Fouls, okay?"

Jakob winkte ab. „Nur Tore!"

Fanette zog im Flur ihre Jacke an und versicherte sich noch einmal mit den Fingerspitzen, dass Änni Mannebachs Schlüssel tatsächlich in ihrer Hosentasche steckte.

„Bis später dann!", rief sie in die Küche, und schon fiel die Haustür hinter ihr zu.

Zwei Minuten später erreichte sie die Hauptstraße und wunderte sich über die vielen Leute, die dort am Straßenrand standen. Dann sah sie eine Blaskapelle auf der Straße vorbeiziehen. Neugierig blieb Fanette stehen und sah sich den Zug genauer an. In ihren dunkelblauen Uniformen sahen die Männer und Frauen, die da mit so viel Lärm vorübergingen, ziemlich gut aus. Das war die

Feuerwehr, wie sie endlich kapierte, als sie die roten Helme, vor allem aber den altertümlichen Löschwagen sah, den sie mitführten. Das moderne Feuerwehrauto bildete den Schluss des Zuges.

Fanette drängte sich an den Zuschauern vorbei und dachte an die Zeitungsmeldung, die sie neulich gelesen hatte. Von allen Berufen genossen die Feuerwehrleute das höchste Ansehen. Sie taten das, was sonst niemand gern tun wollte: ihr Leben für andere einsetzen. Konnte man sich vorstellen, dass sie zwischen einem jüdischen, arabischen oder christlichen brennenden Haus unterschieden? Was musste passieren, damit sie das taten?

Schließlich hatte Fanette Ännis Haus erreicht. Der Schlüssel glitt so leicht und geschmeidig ins Türschloss, dass sie lächeln musste. Er konnte es genauso wenig erwarten, wie sie selbst.

„Ich bin da!", rief sie vorsichtshalber, um die alte Frau nicht zu erschrecken, und ging die knarzende Treppe hinauf.

Änni Mannebach saß in ihrem Rollstuhl am Fenster, als wäre die Zeit stehen geblieben und sie hätte sich nicht vom Fleck gerührt. Dasselbe Licht, derselbe Rollstuhl, dieselbe Kleidung, dieselben Fotos auf der Kommode, sogar der Stuhl, auf dem Fanette vor einigen Tagen gesessen hatte, stand wieder an derselben Stelle.

Spooky?

„Komm, setz dich her zu mir!" Änni Mannebach lächelte zaghaft und wenig vertraut. Fanette spürte deutlich, wie fremd sie sich waren. Das Mädchen auf dem Foto und die alte Frau im Sessel, Fanette bekam sie nicht zusammen. Trotzdem war sie froh, dass sie Änni Mannebach besuchen durfte. Die erzählte dort weiter, wo Aron schon begonnen hatte.

„Ja, wir waren Freunde."

Änni und Fanette schauten beide durchs Fenster in den Himmel.

„Susi und Wolfgang, meine Schwester und ich. Es gab keinen Tag, an dem wir uns nicht trafen und irgendetwas miteinander unternahmen. Du kannst dir nicht vorstellen, wie gerne Susi Ball spielte! Sie brachte uns fast um den Verstand damit. Wolfgang, der gutmütige, hat sich immer noch von ihr treffen lassen, wenn wir anderen schon längst keine Lust mehr hatten. Er war so sanft wie seine Mutter. Tante Jenny kam jeden Tag zu uns herüber auf den Schreierhof und half bei irgendeiner Arbeit mit, die gerade getan werden musste. Und wenn es einmal nichts zu tun gab, dann saßen die Frauen bei uns in der Stube, hörten Radio und strickten. Und nicht nur wir Kinder bekamen Hosen und Pullover gestrickt, sondern auch unsere Puppen."

Fanette ließ sich von dem Erzählstrom forttragen und sah unten auf der Straße wie auf einer Bühne die Schatten der Menschen lebendig werden, von denen Änni Mannebach sprach. Diese Frau war zwar sperrig, doch je mehr sie erzählte, desto weicher wurde sie. Fanette spürte, dass Änni genauso an dieser Vergangenheit hing wie Aron. Die unbeschwerten Tage, von denen sie sprach, vereinten sie mit ihm, mochte es auch noch so viel geben, was sie jetzt voneinander trennte.

„Tante Jenny und Tante Lena waren zwei ganz unterschiedliche Frauen!", fuhr Änni fort. „Die eine schön, zurückhaltend und freundlich – die andere ein Drache! Wenn jemand krank war im Dorf, ganz egal wer, dann kochte Tante Jenny eine kräftige Rinderbrühe und brachte sie dem Kranken, damit er bald wieder gesund wurde. Rinderbrühe! Die gab es sonst nur am Feiertag! Tante Lena dagegen konnte schreien, dass die Gläser klirrten. Susi und Wolfgang kamen dann manchmal zu uns herüber gelaufen und riefen: ‚Ma Schreier, komm schnell und hilf uns!'" Änni Mannebach lachte. „Meine Mutter war die Einzige, die diese Furie zur Räson bringen konnte."

Fanette stutzte. „Ma Schreier haben sie Ihre Mutter gerufen? Ma, wie – Mama?"

Änni Mannebach lachte betrübt. „Ja, sie war irgendwie auch ihre Ma."

„Und Aron?"

„Der war immer da, wenn Ferien waren. Er war etwas älter als Susi und Wolfgang, ungefähr so alt wie ich. Ein Junge, an dem die beiden Jüngeren hingen wie an einem großen Bruder!"

„Wie sah er denn aus?" Wenn es schon kein Foto gab, vielleicht konnte Änni ihr den jungen Aron wenigstens beschreiben.

„Groß, schlank, dunkle Haare, aber blaue Augen. Das war eine Seltenheit und brachte jeden zum Staunen, der ihm zum ersten Mal begegnete. Auch er war eher zurückhaltend, aber nicht schüchtern, sondern auf eine ganz selbstverständliche Art und Weise selbstbewusst. Er gehörte einfach zur Familie von Jüdde Mäx dazu."

„Jüdde Mäx?"

Komischer Name, dachte Fanette.

„Ja, so wurde Max Stock allgemein im Dorf genannt. Jeder hatte hier einen Namen, der irgendetwas Typisches wiedergab. So wie Blatte Hennes eben Blatte Hennes hieß. Er hatte einen Fotoapparat, und die Abzüge, die er machte, waren dann schwarzweiße Bilder auf einem Blatt Papier, deshalb Blatte Hennes."

„Und weil die Stocks jüdisch waren, hieß der Vater Jüdde Mäx?", fragte Fanette. „Fiel das denn auf, dass sie Juden waren? Was war an ihnen anders als an den anderen?"

Änni Mannebach musste überlegen. „Eigentlich war gar nicht so viel anders an den Stocks, nur eben die Religion. Sie waren halt nicht katholisch wie alle anderen im Dorf. Einmal sah ich, wie der Großvater Stock an einem Freitagabend mehrfach vors Haus trat und in den dämmernden Himmel schaute.

‚Was sucht der da', hab ich meine Ma gefragt und sie hat mir erklärt, dass er nach den ersten drei Sternen Ausschau hält. Denn wenn die am Himmel erscheinen, dann beginnt der Schabbat. Am Freitagabend fängt dieser Ruhetag an und hört mit den ersten drei Sternen am Samstagabend wieder auf. Dass er zu Ende war, sahen wir immer daran, dass Jüdde Mäx in die Dorfkneipe ging. Dann war der Abend gekommen und das normale Leben ging für ihn weiter."

Fanette lehnte sich an die Stuhllehne und schlug die Beine übereinander. Dieser Stuhl war verdammt unbequem.

„Und sonst, haben Sie sonst nichts mitbekommen von diesem Schabbat?"

„Einmal hab ich gesehen, wie Tante Jenny die Kerzen angezündet hat. So begann der Schabbat bei den Stocks im Haus. Sie zündete zwei Kerzen an und sprach ein Gebet. Später sagte Jüdde Mäx ein anderes über die beiden geflochtenen Brote auf dem Tisch und über den Wein. Dann zerteilte er das Brot in kleine Stücke, bestreute sie mit Salz und reichte die Stückchen zusammen mit dem Wein herum. Leider konnte ich nichts verstehen, denn ich stand draußen vor dem Fenster. Aber auch wenn ich im Zimmer gewesen wäre, hätte ich nichts verstanden, denn die Gebete wurden alle auf Hebräisch gesprochen. Eine eigene Sprache für die Religion! Kannst du Hebräisch?"

Fanette schüttelte den Kopf.

„Und dann?"

Änni Mannebach wusste sofort, welches „und dann" Fanette meinte.

„Dann änderten sich die Zeiten. Aber nicht nur für die Stocks, sondern für uns alle."

Änni Mannebach machte eine Pause.

„Gib mir ein Glas Wasser, bitte!"

Die Karaffe und zwei Gläser standen auf dem runden Tisch in der Nähe. Fanette goss Änni Mannebach und auch sich selbst ein Glas ein.

„Die Nationalsozialisten führten neue Moden ein. Und viele Leute fanden das gut. Die Fahnen überall, die Uniformen, Fackelmärsche durch die Straßen, Ansprachen im Radio. Diese Nazis waren zwar laut und hatten kein besonders gutes Benehmen, aber sie sagten, was viele Leute dachten und was viele Leute sich wünschten: Wir wollen raus aus der Armut, wir wollen wieder Arbeit haben und Geld verdienen, wir wollen wieder stolz sein auf Deutschland. Und wenn die Juden daran schuld waren, dass es uns schlecht ging – gut, waren es eben die Juden, die reichen Juden, die Finanzjuden. Nicht die Juden, die wir kannten! Klar wusste jeder, dass die Stocks keine Schuld an irgendeiner Misere hatten. Trotzdem spuckten manche nun vor ihnen aus, wenn sie ihnen begegneten. Nicht nur wir fanden das schlimm. Wir waren Freunde und sind es auch die ganze Zeit über geblieben. Aber es war nicht ungefährlich, jüdische Freunde zu haben. Man konnte dafür bestraft werden oder die Leute im Dorf kauften nicht mehr ein bei dir, kein Fleisch, keine Eier und keine Milch.

Eine Tante von mir wohnte nur ein paar Häuser entfernt, sie hatte den Stocks einmal erlaubt, die überzähligen Gurken aus ihrem Garten einzusammeln. Sie selbst hatte viel zu viele davon und es waren nur noch die ganz reifen und krummen übrig. Das hatte ein junger Mann mitbekommen, der hier im Dorf arbeitete, und es den Nazis erzählt. Einer von denen hat dann Anzeige gegen meine Tante erstattet. Zum Glück ist sie wegen dieser paar Gurken nicht verurteilt worden!"

Änni Mannebach dachte wieder an die weißen Ärmelaufschläge. Das war die andere Seite. Ja, mit anderen zusammen zu singen, auf Fahrt zu gehen, zu wandern und am Lagerfeuer zu sitzen, das war toll gewesen.

Fanette sah Änni fragend an. Diese Gurkengeschichte war kaum zu glauben. Aber wie ging es weiter?

„Ich kam auf ein katholisches Internat, denn meine Eltern wollten mich, glaube ich, in Sicherheit bringen. Auf jeden Fall war ich dann nicht mehr dauernd im Dorf. Wir haben uns auseinandergelebt."

Fanette horchte den Worten nach. Sie verstand, dass Ännis Geschichte viele Elemente hatte, die sich nicht alle auf einen gemeinsamen Nenner bringen ließen. Diese Familie hatte sich nicht abgewendet von den Freunden, aber wie viel sie sich der neuen Zeit angepasst hatte, wer konnte das wissen? Mehr vielleicht, als Änni zugab? Fühlte sie sich schuldig? So schuldig, dass sie sich dazu verurteilt hatte, den Rest ihres Lebens am Fenster zu verbringen und diese Vergangenheit anzuschauen?

Irgendwie tat Änni Fanette leid. Und gleichzeitig beunruhigte sie diese Geschichte auch. Sich für oder gegen eine Freundschaft entscheiden zu müssen, wenn das jemand von ihr fordern würde, wie würde sie sich entscheiden?

Fanette hörte, wie unten im Haus jemand die Tür aufschloss und die Treppe heraufkam. „Tante Änni? Dein Mittagessen!"

Grit, die Nichte, stieß die Zimmertür auf und kam mit einem Tablett herein.

„Oh, dein Besuch ist immer noch da!", stellte sie fest. „Aber nach dem Essen muss Tante Änni ihren Mittagsschlaf machen."

Fanette kapierte sofort. Bei aller Freundlichkeit war das ein Rauswurf. Sie stellte ihren Stuhl an den Tisch und verabschiedete sich.

18
Susi – so fern und doch so nah

Meine große Freundin Änni, mit dem Lächeln, das so breit war wie eine Mondsichel. Von einem Ohr zum anderen ging dieses Lächeln, und sie war sehr freigiebig damit. Und auch sonst hat sie vieles gerne abgegeben: Birnen, arme Ritter und auch mal ein altes Kleid, als wir uns selbst nichts Neues mehr kaufen durften. Streiten konnte man nicht mit ihr, obwohl ich es, weiß Gott, oft versuchte. Aber sie gab lieber nach, als mit Worten zu kämpfen oder es mir heimzuzahlen. Wie hat Ma Schreier es nur geschafft, dass sie so fleißig und so gehorsam war? Einmal hat sie meine Mamme angefleht, dass sie ihr das Nähen auf der Maschine bei-

bringt. Und dann wollte sie unbedingt Knopflöcher sticken können! Jenny, meine Mutter, hat es ihr tatsächlich gezeigt. Als Änni aufs Internat kam und sie dort Maidenkleider nähten, konnte sie das schon und alle staunten. Das hat sie mir später erzählt.

Manchmal war ich eifersüchtig auf Änni, weil sie schon groß und fast so alt war wie Aron. Außerdem hatten die Mädchen irgendwann – genauso wie die Hitlerjungen – einen eigenen Club, den BDM, und gingen ins Puppentheater oder tanzten Volkstänze. All das durfte ich nicht. Änni spielte trotzdem noch manchmal mit mir. Allerdings hatte sie immer weniger Zeit. Doch ich weiß, es war ihr nicht egal, was mit uns geschah. Auch ihre Ma hat uns nicht aufgegeben, die ganze Zeit, bis wir abgeholt wurden. Aber die täglichen Besuche drüben auf dem Schreierhof gab es da schon lange nicht mehr.

Als das Lastauto kam, ist Ma Schreier in die Kirche gelaufen und hat für uns gebetet.

Aber wir Toten können trotzdem nicht aufhören zu fragen!

Warum habt ihr es zugelassen, dass sich diese unsichtbare Mauer zwischen uns schob und uns voneinander trennte? Habt ihr nicht gemerkt, welche Macht ihr hattet? Sie war euch doch bestens vertraut. Als die Braunhemden in unserem Haus alles kurz und klein geschlagen haben und wir zu euch hinüber gelaufen sind, da müsst ihr es doch gemerkt haben. Auf euren Hof haben sie sich nicht getraut! Warum habt ihr diese Macht aus den Händen gegeben? Warum hat eure Angst die Macht besiegt, die euch keiner nehmen konnte? Die Macht, Nein zu sagen.

19
An der Bushaltestelle

Als Fanette das Haus von Änni Mannebach verließ, sah sie auf der anderen Straßenseite einige Leute an der Bushaltestelle stehen. Sie ging hinüber und studierte den Fahrplan, der dort angebracht war. Die Busse fuhren erstaunlich selten an einem Samstag wie dem heutigen. Der Bus Nummer 970 war genau acht Mal im Einsatz. Außerhalb dieser Zeiten saß man in diesem Dorf fest. Wer kein Auto hatte und am Samstagvormittag nach Pulheim musste, der konnte sehen, wie er zurückkam. Am Sonntag fuhr dieser Bus gar nicht, da musste man einen anderen nehmen, der nur drei Mal am Tag fuhr! Komische Dorfwelt, aber wahrscheinlich besaßen einfach alle Leute ein Auto. Doch was machten die Jugendlichen, die am Wochenende sicher einmal ausgehen wollten?

Als Fanette sich gerade zum Gehen wenden wollte, stand plötzlich die alte Frau neben ihr, die sie an ihrem ersten Tag im Dorf getroffen und nach Susi und Wolfgang gefragt hatte. Sie heftete ihren Blick auf Fanette, erwiderte jedoch den zögerlichen Gruß nicht, den diese ihr zuwarf, sondern sah sie einfach nur an. Dann machte sie plötzlich einen Schritt näher heran und sagte: „Die Haare von der Susi, die waren so schön! Mein ganzes Leben lang habe ich niemanden mehr getroffen, der so schöne Haare hatte."

Die Frau lächelte ein bisschen schief, fasste ihre Tasche fester und ging auf dem schmalen Bordstein an allen Wartenden vorbei in Richtung der Kirche davon.

Im nächsten Augenblick kam der Bus. Fanette sah die Leute einsteigen und wartete, bis der Bus abfuhr. Dann setzte auch sie ihren Weg fort und hatte dabei nicht nur die beiden Sätze

der alten Frau, sondern auch Änni Mannebachs Stimme im Ohr.
„Wir waren Freunde."

Arons Verwandte waren ganz normale Dorfbewohner gewesen, so viel hatte Fanette bisher verstanden.

Dass plötzlich ganz offiziell behauptet wurde, sie würden nicht mehr dazugehören, sondern dem deutschen Volk sogar schaden, konnte sie nur schwer begreifen.

Aber in Frankreich behauptete eine rechte, nationalistische Partei schließlich heute auch, dass die Muslime Terroristen wären und, als Besatzer im eigenen Land, in Frankreich langsam die Macht übernehmen wollten. Vollkommen verrückte Behauptungen, aber immerhin ein Viertel der Franzosen glaubten sie und wählten die Partei.

Wie wäre es, wenn eine Partei plötzlich anordnen würde, man dürfte keinen Muslim mehr treffen? Die Idee war so absurd, dass Fanette sie sich nicht einmal in der Fantasie ausmalen konnte.

Dass Moumouche Araber und Muslim war, machte Maman zwar misstrauisch, aber das war garantiert kein Grund, ihm die Freundschaft zu kündigen! Im Gegenteil.

Doch was, wenn plötzlich Strafen mit einer solchen Freundschaft verbunden wären? Man sich heimlich treffen musste?

Fanette wischte den Gedanken beiseite. Es war einfach unvorstellbar. Die Freiheit, eine eigene Meinung zu haben, und die auch unter allen Umständen zu vertreten, war so selbstverständlich wie zu atmen.

Fanette ging hinüber auf die andere Straßenseite, wo sich die Dorfkneipe befand. Die Gaststätte sah aus, als wäre sie schon ewig hier. Die Rollläden vor den Fenstern waren heruntergelassen, jetzt war geschlossen. Fanette betrachtete die Speisekarten und Aushänge im Schaukasten links von der Tür. „Wo Gastlichkeit zu Hause ist", war dort zu lesen. „Die Spargelzeit ist wieder da."

Wie oft war Jüdde Mäx hier wohl über die Schwelle getreten?

20
Jenny Stock

Als Aron das letzte Mal zu uns ins Dorf kam, schüttete es wie aus Eimern. Seit zwei Jahren schon war Krieg und wir wussten wenig darüber, wie der Junge sich ohne seine Mutter durchschlug. So ein junger Kerl, knapp achtzehn, jeder musste sich doch fragen, warum er nicht zur Wehrmacht einberufen wurde. Arbeitete er immer noch bei diesem Schreiner oder versteckte er sich irgendwo? Wie oft fragten wir uns das!

Dann kam er plötzlich auf einem alten klapprigen Fahrrad angeradelt. Bei dem Regen! Und ohne den Judenstern, der eigentlich seit dem 1. September vorgeschrieben war. Mein Gott, wie froh waren wir, ihn wiederzusehen! Als er bei uns ankam, saßen wir gerade beim Frühstück. Kein Faden an seinem Leib war mehr trocken. Er musste als Erstes alle seine Sachen auf die Leine beim Kohleherd hängen, in dem ein sehr kleines Feuer brannte. Wir hofften, dass bis zum Abend alles wieder trocken sein würde. Von Onkel Max bekam er eine alte zerlöcherte Hose und von Wolfgang ein Hemd, das ich schon wer weiß wie oft geflickt hatte. Aber wer fragte danach? Wir hatten uns längst jede Form von Eitelkeit abgewöhnt. Wie sollte man auch eitel sein, wenn man nur noch das Nötigste besaß und keine neuen Kleider kaufen konnte.

Kaum dass Aron umgezogen war, mussten die Männer schon los zur Arbeit. Max und Wolfgang gingen zu einem der Bauern im Dorf, dorthin waren sie zur Arbeit verpflichtet worden und verdienten einen kärglichen Lohn, der uns gerade so am Leben hielt. Und auch unser alter Großvater Josef musste trotz seiner achtzig Jahre bei diesem Wetter los, um im Ommelstal beim Entschlammen des Abflussgrabens auf dem Weg zum alten Friedhof mitzuhelfen. Aron konnte es nicht glauben und wollte seinen Onkel

Josef sofort begleiten, um ihn zu unterstützen. Aber das war viel zu gefährlich. Die Nazis, die diese Arbeit überwachten, hätten ihn womöglich verhaften lassen. So saßen also Susi, Aron und ich bei uns in der Küche, betrübt und gleichzeitig froh, beisammen zu sein. Was machst du, wie lebst du und vor allem wovon? Unsere Fragen stürzten auf Aron ein, der nur die Schultern zuckte und einsilbige Antworten gab.

„Hier und da gibt es noch den einen oder anderen Handwerksbetrieb, an den mich der Schreinermeister weiterempfiehlt, bei dem ich schon seit ein paar Jahren mithelfen kann", sagte er. „Die meisten stellen keine Fragen, wer ich bin. Manchmal gehe ich dann nach der Arbeit in unsere Wohnung in der Metzerstraße, manchmal aber bleibe ich auch dort, wo ich gerade bin. Irgendein Plätzchen findet sich immer."

Mit gesenkten Blicken saßen wir beieinander und die Traurigkeit schnürte uns die Kehlen zu. Mir wurde schwer ums Herz. Diese Kinder sollten eigentlich in einer Schule sitzen und lernen, von einer Zukunft träumen! Aber das war alles so lange her. Ein normales Leben gab es nicht mehr und die Lust auf Schule war den Kindern längst vergangen. Einmal, vor ein paar Jahren schon, war Wolfgang vor der Schule in Köln von älteren Jungen angegriffen worden. Die Hitlerjungen sahen ihn auf dem Weg in die jüdische Volksschule in der Lützowstraße, stießen ihn herum und nahmen ihm seine Mappe ab. Drei große Lümmel schämten sich nicht, einen kleinen Jungen, der sich nicht wehren konnte, zu drangsalieren! Und auch sein Vater und ich, wir konnten ihn nicht beschützen. Niemand kann sich vorstellen, wie grausam es ist, wenn Eltern hilflos mitansehen müssen, dass ihren Kindern ein Leid angetan wird!

Dabei hat Wolfgang nicht einmal darüber gesprochen, er schämte sich viel zu sehr. Aber Meitners Lieschen hatte die Szene beobachtet und ihrer Mutter erzählt, und so ist sie dann Ma Schreier zu Ohren gekommen, die sie mir erzählt hat.

Alle Träume der Kinder hatten sich nach und nach in Luft auf-

gelöst. Und ich wusste doch, was Wolfgang am liebsten geworden wäre – ein Arzt im weißen Kittel, der anderen Menschen hilft, gesund zu werden.

Ich betrachtete Aron, den wir vermisst hatten und der ganz auf sich allein gestellt war. Wie wir alle, war auch er schmal geworden. Was sollte ich ihm vorsetzen heute Mittag? Vielleicht würde ich hinübergehen auf den Schreierhof und um einige Kartoffeln bitten, dann konnte ich den Eintopf noch einmal verlängern, den wir schon seit Tagen aßen.

„Kannst du ein Geheimnis für dich behalten?", fragte Susi plötzlich. Aron sah erstaunt auf. „Wir gehen in den Osten!"

„Im Ernst? Nachdem all eure Versuche nach Amerika oder Palästina zu gelangen, gescheitert sind, geht ihr jetzt in den Osten?" Aron machte eine Pause und sah zu mir herüber. „Das ist dieses Umsiedlungsprogramm der Nazis, nicht wahr? Glaubt ihr, was die da versprechen?"

Seine Frage erstaunte mich. „Was glaubst du denn, warum sie all die vielen Menschen sonst in den Osten transportieren sollten?"

21
Schwerer Schlaf

Änni Mannebach fand an diesem Samstagmittag keine Ruhe. Ihre Nichte hatte ihr aufs Bett geholfen und die wollene grüne Decke über ihre Beine gelegt. Es war warm und ruhig, aber ihre Gedanken ließen sich nicht im Zaum halten. Nur ab und zu nickte sie kurz ein, dann sah sie ihn wieder vor sich. Wolfgang. Es war im letzten Winter gewesen, bevor die ganze Familie abgeholt worden war. Von der Straße aus hatte sie ihn am Fenster seines Zimmers stehen sehen. Es sah so aus, als würde er überlegen, ob er nicht hinüber auf den Schreierhof gehen sollte, um sie zu begrüßen. Gerade erst war sie nach Hause gekommen und unterhielt sich mit den Soldaten, die bei ihnen auf dem Hof einquartiert worden waren. Dieser Krieg, er hatte alles durcheinandergebracht und spülte Leute ins Dorf, die dort ansonsten nie aufgetaucht wären. Aber diese Soldaten, sie brachten Neuigkeiten mit von der Front. Und der eine sah verdammt gut aus. Nachdem er seine Zigarette auf der von Schnee und Regen aufgeweichten Dorfstraße ausgetreten hatte, ging er mit seinem Kameraden davon. Änni schaute ihnen hinterher und dann noch einmal kurz hinauf zu Wolfgang. Sie sah, wie er zurückwich und sich hinter der Gardine versteckte.

22
Susinka

Mama ging aus dem Haus und da saßen wir also nun am Küchentisch. Wie ein verspätetes Geburtstagsgeschenk kam mir der plötzliche Besuch von Aron vor!

Keine zwei Monate war es her, dass ich am 4. August dreizehn geworden war.

Aber es war kein Tag gewesen, an dem ich mich über irgendetwas gefreut hätte. Es war heiß, wie fast immer im August, aber niemand kam, um mit mir in den Garten zu gehen, damit wir dort zusammen spielten, bis Mama uns eine kalte Limonade brachte. Wie sehr hatte ich an diesem Tag gehofft, Aron würde auftauchen! Jetzt war er endlich da, saß mir gegenüber und wir wussten nicht, was wir reden sollten. Er war plötzlich so erwachsen, kein Kind mehr, so wie ich. Nach einer Weile stand er auf und schaute die gelben Sterne aus Stoff an, die wir auf die Kittel und Mäntel genäht hatten, wie es neuerdings Vorschrift war.

„Wo ist deiner?", fragte ich und er schaute mich zuerst nur stumm und ein bisschen nachdenklich an. Dann stieß er so ein kleines, bitteres Lachen aus.

„Denkst du, das ist ein Gottesurteil, dass wir einen Stern tragen sollen?", sagte er und ich verstand nicht, was er damit meinte und kam mir sehr dumm vor. „Das sind doch bloß diese miesen Braunhemden, die sich das ausgedacht haben, denen gehorche ich doch nicht."

Ich bewunderte Aron in diesem Augenblick, weil er so klar und gleichzeitig so mutig war. Für mich war das einfach alles ein riesengroßes Unglück, das über uns gekommen war, aber ich konnte es mir nicht erklären. Ich wünschte mir nur jeden Tag, dass es vorüber sein möge, damit wir einfach wieder so normal leben konnten wie vorher. Ich wollte nicht eingesperrt in unserem Haus hocken, ohne jede Abwechslung, der schlechten Laune von Tante Lena ausgeliefert, die sich noch viel mehr langweilte als wir alle zusammen. Längst konnte ich alles, was eine Hausfrau können muss, und so landeten inzwischen alle Strümpfe mit Löchern bei mir, weil ich sie viel besser stopfen konnte als Mama. Ich sehnte mich nach einer Freundin, die mit mir in die Stadt fuhr, um ins Kino zu gehen. Ich wäre auch gerne wandern gegangen, mit Gitarre und Brotbeutel. Wenn nichts zu tun war, schaute ich die meiste Zeit nur aus dem Fenster.

„Komm mit", sagte ich da zu Aron, „ich zeig dir was." Wir schlichen auf den Dachboden in der Scheune, wo früher das Heu gelagert hatte. Aus einem Spalt, zwischen den Ziegeln, zog ich eine Mappe heraus. Mein Geheimnis. Er schlug sie auf und hielt jedes Blatt in den Lichtstreifen, der durch die Luke hereinfiel. Alle meine Bleistiftzeichnungen sah er sich genau an. Da war es wieder, das altvertraute Lächeln auf seinem Gesicht.

„Soll ich deine Stifte spitzen?", fragte er, als wir wieder zurück in der Küche waren. Dann setzte er die Schneide des scharfen, kleinen Messers, mit dem Mama sonst die Kartoffeln schälte, an die Bleistiftspitze an und die Späne flogen.

„Ist also eine Wolkensammlerin aus dir geworden!", sagte er. Es war das Letzte, was er jemals zu mir gesagt hat.

Teil 3

1
Agnes Stielow geht wieder zur Schule

Agnes Stielow saß am Frühstückstisch und schaute hinaus in den blühenden Garten. Ihr Mann Erich hatte den Apfelbaum im Winter viel zu kräftig zurückgeschnitten. Jetzt, da er wieder grün war und die weiße Blütenexplosion den Makel unkenntlich machte, konnte sie endlich darüber lachen. Auch darüber, dass sie solche Dinge manchmal so irritierten. Gleich musste sie los in die Schule. Auf was für Ideen diese Lehrer kamen! „Großelterngeschichten" hieß das neue Projekt, das in der Grundschule in Stommeln gestartet war. Und der ehemalige Klassenlehrer ihrer Enkelin Jasmin hatte ausgerechnet sie gefragt, ob sie kommen und auch etwas erzählen würde!

Aber was denn bloß?

„Greifen Sie einfach in Ihren großen Erinnerungsschatz, die Schüler werden aus dem Staunen nicht herauskommen. Ein Leben ohne Handy, Computer und Internet – die können sich gar nicht vorstellen, dass das möglich war."

Agnes Stielow konnte richtig gut erzählen! Davon musste sie niemanden überzeugen. Nicht umsonst war sie im Karnevalsverein Schriftführerin und hatte schon viele Anekdoten aufgeschrieben und zum Besten gegeben. In ihrer Familie schien jeder nur darauf zu warten, dass beim sonntäglichen Kaffeetrinken jemand sagte: Erzähl doch noch mal von der Schneiderwerkstatt! Wie viele Zimmer gab es in dem Haus deines Opas? Dann holten sie die alten Fotos, Zeugnisse und Zettel aus dem Schrank, von denen manche schon ziemlich vergilbt waren. Die Kaffeetassen wurden weggeräumt und bald lag der Tisch voller blasser oder gelbstichiger Papiere und handgeschriebener Postkarten in altmodischer Schrift. Das Schulheft ihres Großvaters Gottfried Johnen aus dem Jahr 1900 existierte immer noch. In dem Jahr hatte er die Schule beendet. Schreiben – sehr gut, Geografie und Geschichte – gut, Gesang und Zeichnen – genügend, Rechnen und Raumlehre – gut. Nicht schlecht, dieses Zeugnis. Ein Übungsheft für den Geschäftsaufsatz besaß sie auch noch. Was für eine tolle, regelmäßige Handschrift Gottfried Johnen gehabt hatte!

In Gedanken wanderte Agnes Stielow durch das Haus in der Hindenburgstraße in Stommeln, in dem sie als Kind mit ihren Eltern und Großeltern gewohnt hatte. *Gottfried Johnen, Damen – Herren – Maßarbeit* stand auf einem kleinen Schild außen am Haus. Elf Zimmer hatte es dort gegeben, über diese Zahl konnten die Enkel immer wieder staunen. Dabei waren es viele winzig kleine Räume gewesen, in denen zum Beispiel die Schneidergesellen des Großvaters wohnten. Es war gerade einmal Platz für ein Bett, einen kleinen Schrank und eine Waschkommode.

Die Schneiderwerkstatt war damals im Haus auf der ersten Etage gewesen, ein riesiger Raum, in dem es ziemlich chaotisch ausgesehen hatte, obwohl dort eine strenge Ordnung herrschte, die niemand durcheinanderbringen durfte. Wehe, jemand schleppte eines der Bügeleisen weg oder brachte die Nadelmäppchen durcheinander! Dann konnte Gottfried Johnen fuchsteufelswild werden.

In der Mitte der Werkstatt stand ein riesiger breiter Holztisch, darauf wurden die Mäntel und Kleider, die Hosen und Jacketts zugeschnitten. Mehrere Ellen, hölzerne Metermaße, mit denen der Stoff vermessen wurde, lagen ebenfalls darauf. Fünf oder sechs Nähmaschinen standen an den Seiten des großen Raumes und zwischen ihnen, auf den Regalen, Kisten und Kasten voller Nadeln, Knöpfe, Garne in allen möglichen Farben. Nebenan befand sich das Ankleidezimmer. Dort stand ein riesiger Schrank mit Ballen von Stoffen hinter gläsernen Türen. In dieses Ankleidezimmer wurden die Kunden gebeten, wenn das bestellte Kleid oder der Anzug fertig zum Anprobieren war. Dann wurde Agnes oder ihr Bruder losgeschickt, um dem Kunden Bescheid zu geben, dass er zur Anprobe kommen könne.

Wenn kein Kunde erwartet wurde und nicht zu viel zu tun war, verwandelte sich die Schneiderwerkstatt in den ganz persönlichen Spielplatz der Kinder. Agnes durfte das Nähgarn nach Farben sortieren oder ordnete die Stecknadeln auf einem Stück Stoff zu Mustern. Sie setzte sich mitten auf den Schneidertisch und schaute die Bilderbücher an, in denen schon ihre Mutter geblättert hatte. Der Großvater brachte ihr Geschichten und Gedichte bei, die sie auswendig lernte.

„Jeden Tag ein Stückchen weiter, jeden Tag ein Stückchen gescheiter. Kindlein merk, es fördert gut, wenn man nichts vergessen tut." Das war einer seiner Sprüche gewesen, mit denen er sie angehalten hatte, fleißig zu sein. Und das waren beileibe nicht nur Sprüche, sondern es war eine Art Gesetz. Dem Großvater widersprach niemand. Keiner hätte es gewagt! Wenn mittags der Zeiger der Uhr auf die Zwölf vorrückte, begab er sich unten im großen Esszimmer auf seinen Platz am Kopfende des Tisches und wartete auf den Glockenschlag. Wehe, das Mittagessen stand nicht pünktlich auf dem Tisch, dann schallte seine Stimme durchs ganze Haus, und er schlug mit der Faust auf den Tisch. Schon eilte die Großmutter herbei und bediente ihren Mann. Wenn sie fertig waren mit dem Essen und in der Küche gespült wurde, drohte schon der nächste Krach. Der Großvater hörte im Esszimmer die Nachrichten im Radio, und wenn nebenan zu laut mit dem Geschirr geklappert wurde, dann ertönte sein zorniger Ruf: „Ruhe jetzt!" Agnes Stielow musste lachen, wenn sie daran dachte. Damals jedoch war ihr das oft gegen den Strich gegangen. Gab es das heute noch, dass jemand in einer

Familie so den Ton angab und alle kuschten? Sie wusste, was sie heute in der Schule erzählen würde.

2
Jenny

1942. Das neue Jahr hatte gerade angefangen. Am letzten Tag im Oktober würde ich vierzig Jahre alt werden. Vierzig! Mein Gott, was für eine Zahl, ich wurde alt. Und was würde die Zukunft bringen? Das waren damals meine Gedanken im Januar. Seit mehr als zwei Jahren war Krieg. Wenn ich mit Ma Schreier sprach, erzählte sie mir jedes Mal die neuesten Nachrichten von den deutschen Feldzügen und Luftangriffen. Polen, Frankreich, England, Bulgarien, Jugoslawien, Griechenland und im September letzten Jahres auch noch die Sowjetunion! Gab es irgendein Land in Europa, in dem nicht gekämpft und gestorben wurde? Was hatten die Deutschen für einen Plan? Wollten sie die ganze Welt erobern? Es sah so aus, als würde ihnen alles gelingen. Siege, immer nur war von Siegen die Rede! Zuerst dachten wir, wenn sie so erfolgreich sind, dann werden ihnen vielleicht die Juden irgendwann egal sein. Aber das war eine Illusion. Immer öfter war die Rede davon, dass wir umgesiedelt werden sollen. Was für Zeiten, in denen man gezwungen wird, seine Heimat zu verlassen! Ich wusste manchmal nicht, wie ich das alles noch aushalten sollte! Wenn Ma Schreier nicht gewesen wäre, hätte ich vielleicht schon aufgegeben. Wenigstens eine Familie, die sich nicht von uns abwandte, sondern uns das Gefühl gab, normale Menschen zu sein. Und dann hatte Ma Schreier mir zu Weihnachten doch tatsächlich Geld zugesteckt! Also bin ich nach Stommeln zum Schneidermeister Gottfried Johnen gefahren, um mir einen Mantel nähen zu lassen. Es regnete, und zwar nicht zu knapp, und irgendein geheimer Zorn verlieh mir die Kraft, den Bus zu nehmen und nicht zu Fuß zu gehen. Als ich dort an der

Haltestelle stand und etwas abseits der übrigen Leute aus dem Dorf wartete, hörte ich plötzlich eine Stimme hinter mir, die mich ansprach. „Junge Frau, was stehen Sie da im Regen? Kommen Sie doch unters Dach, wir beißen ja nicht!" Das war Josef Mies! Ich wusste sofort, dass es seine Stimme war. Der Obernazi aus Fliesteden. Hatte er mich nicht erkannt? Ich drehte mich um, und im gleichen Augenblick wurde ihm sein Irrtum bewusst. Doch nichts geschah. Er drehte sich einfach weg und stieg in den Bus, genauso wie ich. Aber ich hielt mich abseits. In der hintersten Ecke drückte ich mich in den Sitz und sah durchs Busfenster die leeren Felder vorbeiziehen. Nur fünf andere Leute im Bus, alle aus meinem Dorf, die sich in ihre Mäntel verkrochen und wegschauten. Es fühlte sich an, als hätte ich eine ansteckende, todbringende Krankheit, vor der alle zurückwichen. Fast alle!

Der Schneidermeister Gottfried Johnen gehörte zu den ganz wenigen Geschäftsleuten, die noch jüdische Kunden bedienten. Die anderen ließen uns nicht mal mehr hinein in ihre Läden. „Juden unerwünscht", stand da auf einem Schild im Fenster. „Juden sind unser Unglück!" Gottfried Johnen kümmerte sich nicht um diese Nazi-Parolen. Er empfing mich wie eh und je in seiner Schneiderwerkstatt und hörte sich meine Wünsche an. Einen Mantel für den Übergang wollte ich. Für einen dicken Wollmantel war der Winter schon zu weit fortgeschritten, es lohnte sich mehr, ans Frühjahr zu denken. Wenn es kalt war, konnte ich noch einen warmen Pullover unter diesem Übergangsmantel anziehen. Im Frühling und Herbst war er genau richtig. Ich suchte mir einen schönen schwarzen Stoff aus der Tuche-Kollektion des Schneiders aus und schaute im Musterkatalog nach einem Mantel-Modell, das mir gefiel. Nicht zu elegant sollte er sein, aber chic. Ich wollte auch im Osten gut angezogen sein. Dort würden wir neu und fremd sein, die Leute sollten nicht denken, dass wir Abschaum wären.

Gottfried Johnen nahm Maß an meinem abgemagerten neunundreißigjährigen Körper und trug die Breite meiner Schultern, *die Länge der Arme und alles, was er brauchte, in seine dicke Kundenkladde ein. In zwei Monaten sollte ich zur ersten Anprobe kommen. Als es soweit war, blühten die Kastanienbäume und ich ging die drei Kilometer nach Stommeln zu Fuß. Wie glücklich war ich, in den fertigen Mantel hineinzuschlüpfen. Wie gut fühlte sich der Stoff auf meiner Haut an. Doch der Schneidermeister war nicht zufrieden.*

„Sie haben ja schon wieder abgenommen!", sagte er kopfschüttelnd. „Der Stoff schlackert nur so um sie herum. Lassen Sie mir den Mantel da, ich werde ihn noch etwas enger machen. In zwei Wochen können Sie ihn holen kommen."

Beim nächsten Mal passte der Mantel perfekt und wie eine zweite Haut. Ich bezahlte, lief nach Hause und versteckte das gute Stück in einer dunklen Ecke unserer Dachkammer. Niemand außer uns durfte ihn zu sehen bekommen. Am Ende hieß es noch: „Die Jüddefrau hat einen Mantel gestohlen. Passt auf, was sie euch sonst noch wegnimmt!" Und er sollte auch nicht gefunden werden, falls es eine Hausdurchsuchung geben würde. Dieser Mantel würde uns in den Osten begleiten und dort zu Ehren kommen, hatte ich beschlossen.

3
Fanette kommt nicht aus dem Bett

Wieso war es so still? Ein Montagmorgen und keiner der Jungs stand vor ihrem Bett, hüpfte auf sie drauf, wollte mit ihr frühstücken oder in den Kindergarten gebracht werden! Wie spät war es? Fanette griff nach dem Wecker: Neun Uhr dreiundzwanzig. Ein Wunder war geschehen! Sie ließ sich zurück aufs Kissen fallen. Obwohl sie lange geschlafen hatte, fühlte sie sich vollkommen erschlagen. Sofort stand ihr der gestrige Tag wieder vor Augen. Das Gewusel auf dem Hauptbahnhof, an dem sie am frühen Sonntagnachmittag mit dem Zug angekommen war. Die Umwege, die sie gelaufen war, bis sie die Königs endlich gefunden hatte, und die Überraschung, die sie für sie gehabt hatten.

Ihre kleine Reise vom Dorf nach Köln, Busfahrt und Umstieg, alles hatte problemlos geklappt. Fanette hatte aus dem Zugfenster geschaut und die ganze Zeit daran denken müssen, dass sie vielleicht etwas ganz Ähnliches sah wie Susi und Wolfgang, die vor achtzig Jahren diese Strecke gefahren waren. Sehr viel Grün, Bäume, die in kleinen Wäldchen zusammenstanden, Felder, Hochspannungsleitungen, kleine Ortschaften. Die Zeit war nicht stehen geblieben, das sah man den Häusern und Straßen deutlich an. Trotzdem sah alles still und verschlafen aus, als hätte sich hier seit Langem nichts grundlegend verändert. Was für ein Gegensatz zu Köln, in dem auch am Sonntag der gleiche Lärm und Trubel herrschte wie in jeder Großstadt. Nachdem Fanette in der falschen Richtung um den Dom herumgelaufen war, war sie froh um die Navi-App auf ihrem Handy. Jakob, Emil, Sabine und Jochen saßen in einem Café mit Blick auf den Dom und aßen riesige Stücke Kuchen. Ein krasses Alternativprogramm!

„Fanette, du bist ja schon eine halbe Kölnerin!", empfing Sabine sie. „Alles geschafft und nicht verloren gegangen!"

Emil pickte die Himbeeren aus seiner Torte und fragte: „Willst du auch eine?"

„Nimm lieber die Eissplittertorte", schlug Sabine vor, „so etwas gibt es in ganz Frankreich nicht!"

Fanette musste lachen. „Na, dann habt ihr aber noch nicht unsere Vacherin Glacé gegessen. Sahne, Baiser und Eis in tausend Variationen, das macht uns so schnell niemand nach."

„Die musst du mal machen", rief Jakob, der sofort Feuer und Flamme war, „morgen, ja? Und wir helfen alle mit!"

Fanette fühlte sich völlig überfordert von dieser Familienpackung Sonntagsprogramm und war sehr erstaunt, als Jochen sagte: „Für dich haben wir uns heute etwas Besonderes ausgedacht. Warst du schon mal in einer – "

„Kirche!", rief Emil dazwischen.

„So ähnlich!", verbesserte Jakob ihn sogleich.

„Im Dom?" Fanette war verwirrt.

„In einer Synagoge?", beendete Jochen endlich seine angefangene Frage. „Wir haben uns alle dort für eine Führung angemeldet."

„Echt?" Fanette war sprachlos. Das hieß, dass die Königs ihre Nachforschungen ernst nahmen oder sie ihnen zumindest bewusst waren.

„Warst du schon einmal in einer Synagoge?"

Fanette war noch in keiner Synagoge gewesen, sie war ja auch keine Spezialistin für alles Jüdische, nur weil sie sich gerade mit der Vergangenheit von Aron Schatz beschäftigte. Aber klar, dorthin zu gehen, fand sie eine gute Idee.

Und merkte doch im gleichen Moment, welche Gedankenkette sich in ihrem Kopf abspulte. Eine Synagoge. Eine ehemalige Synagoge? Ein Museum, durch das man geführt wurde? Oder eine Synagoge, in die echte Juden zum Beten gingen?

„Wart ihr schon mal da?", fragte sie zurück.

„Nein, aber das stand schon lange auf unserem Plan. Denn es ist doch ziemlich gut, dass es nach unserer grauenvollen Vergangenheit überhaupt wieder Synagogen in Deutschland gibt! Und wenn wir nicht immer so viel anderes zu tun hätten, wären wir vielleicht längst schon einmal hingegangen!"

„Willst du wirklich keinen Kuchen?", mischte sich Sabine ein. „Du verpasst was!"

„Nein, vielen Dank", antwortete Fanette und schaute die zerstörten Kuchenreste auf Emils Teller an. „Ich kann ja noch ein bisschen Emils Reste aufpicken, das reicht. Kennt ihr irgendwelche jüdischen Leute?"

Sabine und Jochen sahen sich erstaunt an.

„Nein, wieso?", fragte Sabine.

„Na ja, wieso eigentlich nicht?", wandte Jochen nachdenklich ein.

„Vielleicht kennen wir ja welche und wissen es gar nicht", sagte Sabine und lachte.

„Das sieht man einem ja nicht an, und über Religion rede ich eigentlich mit fast niemandem. Das ist einfach kein Thema. Aber ich war letztes Jahr einmal in Köln auf dem Alter Markt, da wurde im Dezember ein großer Chanukka-Leuchter angezündet, jeden Tag ein neues Licht. Chanukka, das ist so ein Fest, das die Juden im Winter ungefähr zur gleichen Zeit feiern wie wir Advent. Toll, nicht?"

„Und worum gehts da?", wollte Fanette wissen.

„Keine Ahnung."

Sie aßen den Kuchen auf, nahmen eine Metró, die hier U-Bahn hieß und mussten dann noch ein kleines Stück zu Fuß gehen. Die große Synagoge lag gegenüber einer Parkanlage zwischen einer Reihe schöner, alter Wohnhäuser.

Das Gebäude sah tatsächlich ganz ähnlich wie eine Kirche aus. Der spitzgiebelige Mittelbau zwischen den beiden seitlichen Gebäudeteilen war etwas zurückgesetzt und besaß eine große, runde Fensterrose, genau wie die Kathedrale Notre-Dame in Paris. Der Turm dahinter überragte den Fensterrosen-Giebel um ein ganzes Stück. Die kleineren Ecktürme und die bogenförmigen Fenster erinnerten ebenfalls an eine Kirche, da waren Verwechslungen tatsächlich leicht möglich. Vor einer Kirche stand allerdings normalerweise kein Polizeiauto, und Kontrollen am Eingang gab es dort auch nicht. Fanette hatte jedenfalls noch nie erlebt, dass man vor der Sonntagsmesse seinen Ausweis vorzeigen musste und die Taschen kontrolliert wurden.

An diesem Morgen im Bett versuchte sie in Gedanken den Weg zu rekonstruieren, den sie durch das Gebäude geführt worden waren. Kaum hatten sie den Eingang passiert, waren die

Kirchenähnlichkeiten jedenfalls sofort verschwunden. Die Eingangshalle und die nebenliegenden Säle hätten auch zu einem anderen Gemeindezentrum gehören können. Erst im eigentlichen Gebetssaal kam der Kircheneindruck zurück. Fast quadratisch war der weiße Raum, der von einer Kuppel überwölbt wurde, die man von außen nicht sehen konnte, weil sie sich unter dem Turm versteckte. Blau war diese Kuppel, so blau, als würde man direkt in den Himmel hineinschauen. Und aus buntem, blauem und rotem Glas bestand auch die Fensterrose, durch die das Sonnenlicht hereinfiel, das dem Raum einen zauberhaften Glanz verlieh. Alles war klar und einfach und trotzdem höchst kunstvoll eingerichtet. Fanette erinnerte sich an die siebenarmigen Leuchter und die festliche Stimmung, die sie empfunden hatte. Ob Aron Schatz als Junge diese Synagoge besucht hatte? Oder hatte es noch andere in Köln gegeben? Sie musste ihn danach fragen.

Und hatte seine Mutter oben auf der Frauenempore gesessen, auf die man über eine Treppe gelangte? Vielleicht hatten auch Jenny und Susi Stock von hier aus dem Gebet der Männer im Innenraum zugehört.

Die Frauen saßen bis heute nicht mit den Männern zusammen? Mein Gott, das war ja sowas von vorgestern! War das bei den Muslimen nicht genauso? Und sechshundertdreizehn Ge- und Verbote waren in der Tora, der jüdischen Bibel, vorgeschrieben! Wer sollte das denn schaffen? Der Guide erklärte, dass es viele verschiedene jüdische Strömungen und Gemeinden gab und darunter auch solche, die die religiösen Gesetze nicht streng auslegten, sondern modern lebten. Diese reformierten Juden waren außerhalb Israels sogar in der Mehrzahl. Und dort konnten auch Frauen Rabbinerinnen werden. Das hieß ja, diese Juden waren fortschrittlicher als Christen und Muslime zusammen! Oder gab es auch weibliche Imame?

Als sie auf dem weiteren Weg durch die Synagoge an einer

Wand mit Kinderbildern vorbeikamen, rief Jakob plötzlich: „Schaut mal, die Arche Noah!"

Fanette betrachtete die Buntstiftzeichnung und ihr fiel auf, wie wenig sie eigentlich darüber wusste, was Juden, Christen und Muslime alles gemeinsam hatten.

4
Aron unter der Dusche

„Sag mal, Moumouche, geht es bald los? Ich hab das Gefühl, ich warte schon ziemlich lange!"

„Moment, der Schlauch hat sich verhakt, gleich hab ich ihn. Einen Augenblick noch!"

Moumouche biss die Zähne zusammen, denn um an den verknoteten Wasserschlauch heranzukommen, musste er sich über Aron hinüberbeugen, der auf einem Plastikstuhl in der Dusche saß.

Aron strich sich über die Bartstoppeln, die ihm in den letzten Tagen gewachsen waren und schaute zu, wie der Junge sich abmühte.

„Ich meine, es ist ja nicht so, dass ich warten nicht gewöhnt wäre, aber jetzt wird mir allmählich kalt."

Moumouche drehte endlich den Wasserhahn auf und prüfte die Temperatur. Dann ließ er den warmen Brausestrahl über Arons alten, faltigen Körper laufen.

„Deine Idee mit diesem Plastikstuhl ist ziemlich genial, mein Freund", sagte Aron und begann sich einzuseifen. „Ich hatte wirklich schon Schiss, dass ich dieses wunderbare Gefühl unter einer warmen Dusche zu stehen, äh, pardon, zu sitzen, nie mehr erleben würde. Wahrscheinlich stinke ich einfach zum Himmel. Das hat dich angespornt, nach einer Lösung zu suchen, stimmts?"

Moumouche lachte und hielt den Duschkopf über Arons weißen Haarschopf.

„Dafür braucht man keine Genialität, sondern nur ein bisschen logisches Denken, lieber Aron! Wer nicht mehr gut stehen kann, der muss eben sitzen – auch unter der Dusche. Außerdem dachte ich mir, dass es dir Spaß machen würde."

Aron grunzte genüsslich. „Tut es. Sehr sogar! Tut mir nur leid, dass ich so ein hässlicher Anblick bin!"

Moumouche winkte ab. „Du bist über neunzig! Und jetzt red nicht so viel, sondern beug dich nach vorne, damit ich dir den Rücken waschen kann."

Aron stützte die Unterarme auf seine Knie und spürte den weichen Schwamm über seine Rückseite gleiten.

„Weißt du, dass so etwas Einfaches wie eine Dusche tatsächlich ein großes Glück sein kann? Die erste Dusche nach vielen Jahren!"

„Nach Kanada?"

Aron warf einen kleinen Blick zur Seite, dann schaute er wieder vor sich auf den weißen Boden der Dusche und sagte mehr zu sich selbst. „Ja, nach Kanada. Nachdem man selbst Dreck gewesen war, weniger als der Staub unter den Stiefeln der Herren. Eine Zahl auf einer Liste. Da gab es viel abzuwaschen. Ich hätte Jahre unter dieser ersten Dusche stehen können, die mir jemand in Paris anbot, nachdem ich hier angekommen war. Und doch konnte das Wasser nichts wegwaschen. Keine einzige Erinnerung. Und nicht die Tatsache, dass ich mich tatsächlich dran gewöhnt hatte, Dreck zu sein und ihre Befehle auszuführen. Brillen auf diesen Stapel, Goldzähne auf den nächsten. Schuhe in diese Ecke, Koffer und Taschen in jene. Haare in die Säcke. Es wird zu einer gewöhnlichen Tätigkeit, all diese Dinge zu sortieren, denn am Ende wartet ein Stück Brot auf dich und der nächste Tag. Und du wirst nicht verrückt darüber, dass diese Dinge deinen Leuten gehören, Nachbarn, Freunden, Verwandten, Unbekannten, die genauso Dreck sind wie du selbst. Auch wenn du keine Hoffnung hast, du willst leben." Eine große Stille breitete sich in Arons völlig vernebeltem Badezimmer aus und Moumouche war froh um diesen Wasserdampf, der sie beide einhüllte.

„Komm, jetzt ist es genug", sagte er dann und drehte den Wasserhahn zu. Er nahm das große Badetuch, hüllte Aron ein und trug ihn auf seinen Armen hinüber ins Schlafzimmer, wo er ihn vorsichtig abtrocknete und wieder ins Bett verfrachtete.

„Und den Bart willst du wirklich behalten?", fragte er sicherheitshalber noch einmal.

Da waren Aron die Augen schon zugefallen und er war eingeschlummert.

Moumouche räumte das Badezimmer auf und Arons Sachen zusammen. Er telefonierte mit einem Freund aus der Schule, fragte, wann es da wohl wieder losginge und überlegte, wie es weitergehen sollte in der Rue de Bercy Nummer 2, dritte Etage. Ein Mist aber auch, dass Fanette jetzt gerade in Deutschland war. Wie sollte er das schaffen, in die Schule zu gehen und gleichzeitig Aron zu versorgen? Der alte Mann wurde immer schwächer. Moumouche fürchtete sich, ihn ein paar Stunden alleine zu lassen. Aber er konnte nicht immer nur in dieser Wohnung hocken, sondern musste auch mal hinaus an die Luft! Zum Glück waren bald Frühlingsferien, aber die lösten die Probleme nicht auf Dauer. Da klingelte sein Handy und Madame Lagrange war dran.

Wow, wow, wow! Fünf Minuten später starrte Moumouche sein Handy an und fragte sich, ob es Zufall oder Telepathie gewesen war, was diesen Anruf bewerkstelligt hatte. Oder womöglich Allah selbst? Warum war Fanette nur immer so sauer, wenn sie über ihre Mutter sprach?! Heute Abend würden sie sich treffen und zusammen überlegen, was sie tun konnten.

„Moumouche?"

Leise, aber doch nachdrücklich drang plötzlich Arons Stimme aus dem Nebenzimmer an sein Ohr und er rannte hinüber. Der alte Mann schaute ihn aus seinen tiefblauen Augen sanft an. „Es ist doch das Letzte, was noch wächst! Lassen wir ihn sprießen, solange er will!"

„Ach, der Bart!" Moumouche schnappte sich erleichtert die Lotion, die auf der Kommode stand. „Komm, wir haben das Eincremen vergessen", sagte er und schlug die Bettdecke zurück.

„Mir scheint", begann Aron, während er zuschaute, wie Moumouche die weiße Creme auf seinem Oberkörper verteilte, „ich verwandle mich zurück in ein Kind. Und du bist jetzt meine Mamme!" Er lachte schwerfällig, bis das Lachen schließlich in Husten überging.

Moumouche wartete einen Augenblick und ließ Aron dann vorsichtig zurück in die Kissen sinken. Er nahm erst den linken, dann den rechten Arm und massierte die Creme in die trockene, faltige Haut. Vorsichtig rieb er über die eintätowierte Nummer. Aron sah ihm aufmerksam dabei zu.

„Sie wollten keinen von uns vergessen", sagte er. „Kein einziger sollte verloren gehen."

„Aber du hast sie ausgetrickst, nicht wahr? Wie hast du das bloß angestellt?" Moumouche merkte selbst, dass er etwas zu fröhlich geklungen hatte, nahm schnell noch ein bisschen Lotion und tat einfach so, als wäre es das Normalste der Welt, danach zu fragen, wie jemand die Hölle überlebt hatte.

Aron hustete schon wieder. „Du malst dir jetzt vielleicht so eine Art Superman aus, der über außergewöhnliche Kräfte verfügt oder einen Trick kennt. Aber weißt du, das Überleben kann eine erbärmliche Angelegenheit sein. Du nimmst dem Toten neben dir das Stück Brot aus den Fingern, bevor es ein anderer nimmt. Aus einem unerklärlichen Grund überlebt dein Körper selbst Durchfall und Typhus. Der Gewehrkolben trifft nicht dich, sondern deinen Nebenmann. Du hast kein Gebet mehr und dein

Herz bekommt einen Eisenpanzer, aber das Ende, auf das du hoffst, kommt einfach nicht. Du bist nichts mehr, was einem Menschen ähnelt, deine Haut starrt vor Dreck und die Fliegen warten in deinen Mundwinkeln darauf, deinen verwesenden Rest zu besiedeln. Und plötzlich gehörst du zu denjenigen, die sich durch das Lagertor schleppen und von den Russen versorgt werden."

Moumouche war bei Arons Beinen angekommen und gab sich alle erdenkliche Mühe, langsam, sehr langsam weiterzumachen, damit er Aron nicht anschauen musste.

„Und dann bist du frei und musst feststellen, dass du niemals frei sein wirst. Dein altes Leben bekommst du nicht zurück und in deinem neuen Leben ist die Vergangenheit allgegenwärtig. Tausend Stimmen fragen jeden Tag in deinem Kopf: Warum du und nicht wir?"

Moumouche stellte die Lotion zurück auf die Kommode und deckte Aron vorsichtig mit seinen feuchten Cremefingern zu.

„Bin gleich wieder da", sagte er, ging hinüber in die Küche und drehte den Wasserhahn auf. Doch bevor er die Hände darunter hielt, trat er zur Seite ans Fenster, stützte sich auf den Sims und lehnte die Stirn an die kühle Glasscheibe. Zum ersten Mal, seitdem er kein Kind mehr war, weinte er.

5
Wolfgang und der klappernde Briefkastendeckel

Da war es wieder, dieses Geräusch, das nur noch so selten bei uns zu hören war. Wenn, dann ging es fast immer um die neuesten Verordnungen und Verbote. Fahrräder sind abzugeben, Juden dürfen kein Telefon mehr haben und kein Radio. Lächerlich, als hätten wir so etwas jemals besessen!

Der metallene Briefkastendeckel schepperte und ein papierener Umschlag segelte auf den Steinfußboden. Ich rannte in den Flur und hob den Brief auf. Immer noch war da diese winzige Hoffnung in meinem Kopf, es könne sich um einen Brief von Tante Erna handeln, in dem stand: Kommt nach Frankreich, hier seid ihr sicher! Tante Erna war die Schwester unserer Mutter. Sie war aus Deutschland weggegangen. Wir wussten zwar nicht, wo sie in Frankreich lebte, ob es ihr gut ging oder nicht, aber sie hatte wenigstens versucht, hier hinauszukommen. Andere Bekannte waren schon vor Jahren nach Palästina ausgewandert. Familie Cahn aus Stommeln hatte Einreisegenehmigungen für Amerika erhalten. Aber wir saßen immer noch in Fliesteden! Eine Weile hatten wir darüber gesprochen, in die Niederlande überzusiedeln. Das war nicht so weit weg. Aber Mama und Papa war das alles zu unsicher. Außerdem war Papa der festen Meinung, es würde uns irgendwann auch wieder besser gehen. Wir waren schließlich immer noch Deutsche, auch wenn in den Ausweispapieren hinter unseren Namen mittlerweile Israel oder Sara stand. Das regte mich auf, ich wollte nicht Wolfgang Israel Stock heißen! Und wieso sollte Susi plötzlich Susi Sara Stock heißen? Das war eine Unverschämtheit! Wir hatten schon die Namen, die uns gefielen.

Papa versuchte, uns davon zu überzeugen, dass uns zu Hause nichts Schlimmes passieren würde, denn er hatte ja im Ersten Welt-

krieg gekämpft und war mit dem Eisernen Kreuz ausgezeichnet worden. Aber ich fühlte mich hier festgenagelt und hatte keine Lust, bei den Bauern auf dem Feld arbeiten zu müssen, anstatt zu lernen und zu studieren. Es war alles so hoffnungslos.

Ich nahm den Brief und sah sofort, dass er genauso aussah wie der, den wir vor sechs Wochen schon einmal bekommen hatten. Da war er jedoch nicht für uns gewesen, sondern für die Leute, die bei uns wohnen mussten. Unser Haus war nämlich eine Zeit lang plötzlich voller Menschen. Mein anderer Großvater, Opa Aron Leiser aus Kerpen, der Vater meiner Mutter, war Anfang Juni zu uns gezogen. Und noch zwei andere ältere Leute tauchten auf, Jakob Heidt und seine Frau Regina aus Niederaußem. Alles Juden, die den Befehl bekommen hatten, ihre Wohnungen zu verlassen und zu uns umzuziehen. Wieso konnte das einfach jemand bestimmen? Unser Haus war klein und jetzt wurde es noch enger. Im alten Schlachthaus bauten wir für alle ein Matratzenlager auf. Zum Glück war es nicht für lange.

Am 14. Juni wurden meine beiden Opas, Tante Lena und die Heidts abgeholt. Die Umsiedlung hatte begonnen. Sie konnten sich nicht mehr selbst aussuchen, wo sie leben wollten, sie wurden an einen Ort in Polen oder noch weiter im Osten verschickt. Plötzlich herrschte eine Ruhe im Haus, die ich noch nicht erlebt hatte! Nur noch Mama, Papa, Susi und ich.

Und jetzt kam wieder so ein Brief. Jetzt waren wir dran.
Ich riss den Briefumschlag auf und las:
Bezirksstelle Rheinland
der Reichsvereinigung der
Juden in Deutschland

Familie Max Stock!
Im Auftrag der Geheimen Staatspolizei, Staatspolizeistelle Köln, teilen wir Ihnen mit, dass Sie sich für einen Abwanderungs-

transport, der am 19. d. Mts. abgeht, ab 17.7. zur Verfügung zu halten haben.
Ort und Zeit der Gestellung wird Ihnen noch durch den zuständigen Herrn Landrat bekanntgegeben werden. Von folgenden Richtlinien und Vorschriften ersuchen wir Sie, Kenntnis zu nehmen und sie im eigenen Interesse strikt zu befolgen.

Es folgten mehrere Seiten, auf denen erklärt wurde, was man mitnehmen durfte und was nicht, was gemeldet und was bezahlt werden musste. Fünfzig Reichsmark kostete der Transport pro Person. Wir mussten diesen Transport selbst bezahlen, so, als hätten wir uns eine Ferienreise ausgesucht! Ich hasste, hasste das alles. Dass man gar nichts mehr selbst entscheiden konnte.

6
Fanette, immer noch im Bett an diesem Montag

Zehn Uhr vierzig, Fanette drehte sich nach dem Blick auf die Uhr wieder auf den Rücken und war in Gedanken immer noch mit dem Wochenende beschäftigt. Am späten Abend, nachdem sie in der Synagoge gewesen waren und endlich alle im Bett lagen, hatte sie sich vor den Computer gesetzt und „Nazizeit" in die Suchleiste eingegeben. Sie wusste schon in diesem Moment, dass es keine gute Idee war, sich damit vor dem Schlafengehen zu beschäftigen, hatte aber trotzdem den Button „Fotos" gedrückt. All diese hochgereckten Arme, die riesigen Fahnen mit Hakenkreuzen, die aussahen wie eine sich unendlich drehende eckige Sensenmaschine! Und dann landete man unweigerlich bei den Toten und halb Toten, den hohläugigen, abgemagerten Menschen und konnte sich doch nicht davon losreißen. Wie gebannt hatte sie immer weiter geklickt, während sich gleichzeitig etwas in ihrem Kopf dagegen wehrte, diesen Schrecken als Realität anzuerkennen. Es war vorbei, aber gleichzeitig auch nicht. Jedes neue Foto beharrte darauf, dass das eine Wirklichkeit gewesen war, die zwar vergangen, aber trotzdem nicht weniger wirklich gewesen war.

„Was hab ich damit zu tun?", fragte sich Fanette immer wieder, „siebzig Jahre, achtzig Jahre ist das her, vergangen, beendet, aus und vorbei, warum soll man sich immer noch mit dieser unerträglichen Zeit quälen?" Gleichzeitig wusste sie, dass der Schmerz nie zu Ende war, nicht für die, die dabei gewesen waren und nicht für ihre Nachkommen. Nicht für diejenigen, denen beim Anblick all dieser Bilder das Blut in den Adern gefror, weil sie wussten, dass Menschen das einander antun konnten. Und wenn es einmal geschehen war, wer konnte einem garantieren, dass es nicht wieder geschah?

Fanette dachte an Aron und sah ihn vor sich, wie er lächelte, wie er ihr etwas erklärte, wie sie zusammen spazieren gingen. So lange hatte sie nicht gewusst, was er im Geheimen mit sich trug. All diese Erinnerungen, die für ihn so schmerzlich sein mussten. Machte es ihn wirklich froh, dass sie hier war und seine alten Orte besuchte? Was sollte sie ihm darüber erzählen?

7
Susi abfahrbereit

Die Koffer standen gepackt in der kleinen Stube. Wieder und wieder hatte meine Mutter die wenigen Gepäckstücke ein- und wieder ausgeräumt, weil unsere kleinen Koffer im Nu voll waren. Selbst das Wenige, das wir mitnehmen durften, war zu viel. Ein Kleid, zwei Schürzen, Strümpfe, ein paar Schuhe. Mama nahm sie wieder heraus. Die Schuhe brauchten zu viel Platz. Die, die ich anhatte, mussten reichen. Im Osten gab es sicher auch Kleider und Schuhe.

Ich konnte es kaum mehr erwarten. Meine erste Zugfahrt! Und dann so weit! Ob das Wetter dort besser war? Es war doch schon Juli, aber er fühlte sich in diesem Jahr an wie ein Herbst. Ich saß auf dem Dachboden, wo es nach Heu und Staub roch und schaute aus einer der kleinen Dachluken in den trüben Himmel. Auch wenn man nur im Haus sitzen durfte, wünschte man sich doch, dass es endlich wärmer würde. Wolken über Wolken, die kaum mal einen Sonnenstrahl durchließen. Aber ich hatte schon lange kein Papier mehr, um sie zu zeichnen. Trotzdem saß ich immer noch gerne auf dem Dachboden. Da hatte ich meine Ruhe. Von dort aus konnte ich sogar unsere Klettereiche sehen. Als ich zehn wurde, kletterten wir noch darin herum und träumten von Amerika. Wir sahen staunend den Flugzeugen hinterher, die manchmal am Himmel zu sehen waren und sich auf den Weg machten, den Atlantik zu überqueren. Gleichzeitig wurde unsere eigene Welt von diesem Zeitpunkt an immer kleiner und enger, bis wir unser Haus kaum noch verlassen durften. Dabei wäre ich so gerne wieder einmal gerannt! Ich wusste kaum noch, wie sich das anfühlt: Rennen, Laufen, Springen. Seit im September 1939 der Krieg angefangen hatte, durften wir im Sommer nach neun Uhr abends und im Winter nach acht Uhr abends das Haus nicht mehr verlassen. Wenn im Dorf Kirmes gefeiert wurde oder das alljährliche Schützenfest stattfand, hörten wir die Blaskapelle nur von Weitem. Wir waren so eingeschnürt wie Tante Lena in ihrem Korsett.

Der Krieg, der sich so lange irgendwo in der Ferne abgespielt hatte, kam immer näher. Ende Mai hörten wir auf einmal Tausende Flugzeuge über uns hinweg Richtung Köln brummen. Aber das waren keine deutschen Bomber, sondern englische. Über dem nahen Köln warfen sie ihre tödliche Fracht ab, bis die ganze Stadt brannte. Und wir saßen auf dem Dachboden und sahen den glühenden Horizont. Vielleicht waren wir im Osten sicherer.

Wieder saß ich auf dem Dachboden, diesmal, damit ich nicht zusehen musste, wie meine Mutter alle Gegenstände in unserem

Haus zusammensuchte und in eine Liste eintrug. Wir fuhren nun weg und alles musste seine Ordnung haben, alles, was wir noch besaßen, musste aufgeschrieben werden. Papa hatte wie immer eine logische Erklärung dafür: „Sie wollen sichergehen, dass nichts verloren geht und nichts geklaut wird, bis wir wieder zurückkommen", meinte er. *Er war eben immer noch ein Geschäftsmann, solche Listen anzufertigen war für ihn normal.*

8
Überraschung Jakob!

„Papa, was ist mit deinen Händen passiert? Warum sind die so schwarz?" Emil sprang erschrocken vom Frühstückstisch auf, als er Jochen zur Tür hereinkommen sah. Alle hatten sich schon gefragt, wo er eigentlich steckte, aber Sabine hatte so getan, als hätte sie keine Ahnung.

„Soll ich einen Indianer aus dir machen?" Jochen fuchtelte vor Jakobs Gesicht herum und tat so, als wolle er ihm schwarze Streifen ins Gesicht malen, doch der Junge wich lachend aus.

„Ist dein Auto kaputt oder was hast du gemacht?", fragte er und sah zu, wie sein Vater sich am Spülbecken die Hände schrubbte.

„Überraschung!", antwortete Jochen mit vielsagendem Blick.

„Für mich auch?" Emil warf sein Schokobrot auf den Teller und kletterte in Windeseile aus seinem Stuhl. „Ich will auch eine Überraschung!"

Sabine fing den Kleinen wieder ein. „Kriegst du auch, aber jetzt ist Jakob dran!"

„Und was ist es?" Emil machte sich los, lief hinüber zu Jakob und beide sahen erwartungsvoll zu, wie Jochen sich die Hände abtrocknete. Schwarze Ölspuren waren immer noch daran zu sehen.

„Na, dann kommt mit", sagte er und ging zur Terrassentür.

Bevor er die Klinke hinunterdrückte, blieb er noch einmal stehen und sah sich zu den beiden Jungen um. Dann erst öffnete er sehr langsam die Tür und sagte: „Tatatata!"

Jakob riss die Augen auf und schrie: „Mein Fahrrad!" Dann schlang er die Arme um Jochens Bauch und drückte ihn. „Endlich!", rief er, ließ Jochen los und rannte hinaus.

„Damit die Nerverei ein Ende hat!", sagte Jochen. „Und damit ich morgens nicht mehr diesen Umweg über Stommeln fahren muss, um dich zur Schule zu bringen."

„Ich darf auch mit dem Rad zur Schule fahren?" Jakob warf die Arme in die Höhe und begann in der Küche herumzutanzen.

„Aber heute Morgen fahre ich mit dir", rief Sabine vom Küchentisch aus. „Und Fanette holt dich heute Nachmittag ab."

Fanette trank den letzten Schluck Kaffee und musste schmunzeln. Ein Glück, dass Jakob so hartnäckig war!

„Und wo ist meine Überraschung?", fragte Emil plötzlich wieder.

Sabine lachte und nahm den Jungen auf den Arm. „Deine Überraschung ist, dass du heute wie immer in den Kindergarten gehen darfst!"

Emil machte große Augen und man sah ihm an, wie es in seinem Kopf ratterte.

„Das ist die blödeste Überraschung, die es nur gibt", sagte er.

9
Jenny gibt den Mantel zur Aufbewahrung

Mein schöner neuer Mantel, ich hängte ihn mitsamt dem Bügel an die Küchentür, wischte die unsichtbaren Staubflocken vom Revers und betrachtete ihn. Wie lange schon hatte ich nicht mehr so ein gutes Stück angeschafft! Und jetzt passte er nirgendwo mehr hinein. Unsere kleinen Koffer waren schon alle voll. Sollte ich ihn etwa auf der Reise anziehen? Aber auf dem Bahnhof und im Zug würde es staubig und dreckig sein und in Nullkommanichts bekäme der Mantel Flecken.

„Warum gibst du ihn nicht ab und schreibst ihn mit auf die Liste?", hatte Max am Tag zuvor gefragt. „Schau hier, unter dem Punkt Wohnungsinventar und Kleidungsstücke gibt es eine Rubrik Damenkleidung." Max, mein lieber Max stellte sich vor, dass die Sachen, die wir nicht mitnehmen konnten und die Möbel, die zurückblieben, alle irgendwo eingelagert und verwahrt würden. Kleidungsstücke, die nicht mehr ins Gepäck passten, konnte man sich notfalls sogar nachschicken lassen, „falls die Kleiderkammer dazu in der Lage ist". Dieser Zusatz in den Papieren machte mich misstrauisch. Die Kleiderkammer war doch sicher überfüllt! Könnte man dort das angeforderte Kleidungsstück überhaupt herausfinden? Und vielleicht würde es Luftangriffe geben und dann würde sowieso gar nichts übrig bleiben. Andererseits hatte Max ja recht: Wozu sollten diese ausführlichen Listen, auf denen jeder Kaffeelöffel und jedes zurückbleibende Taschentuch verzeichnet waren, denn auch sonst gut sein als dafür, unsere Sachen bis zu unserer Rückkehr aufzubewahren? Ich studierte die Papiere und fand unter „Damenbekleidung" zwei Möglichkeiten: Wintermäntel und Sommermäntel. Aber mein Mantel war ein Übergangsmantel! Mir war das alles zu unsicher. Wenn wir zurückkamen,

wollte ich diesen Mantel auf jeden Fall zurückhaben. In der vorhergehenden Nacht, nachdem ich kaum geschlafen hatte vor lauter Grübeln, fiel mir endlich die Lösung ein: Ich würde den Mantel zurück zum Schneidermeister Gottfried Johnen bringen, damit er ihn für mich aufbewahrte. Natürlich würde er das tun, ich war mir sicher. Er hatte ja auch für unsere Bekannten, die Cahns aus Stommeln, Schmuck und Geld in die Säume ihrer Mäntel eingenäht, als sie nach Amerika ausgewandert waren! Sie hatten ihn nicht zweimal danach fragen müssen. Mein neuer Mantel wäre bei ihm gut aufgehoben und was noch besser war: Niemand würde vermuten, dass er der Jüdin Jenny Stock gehörte!

10
Agnes Stielow – wann fängt die Erinnerung an?

Die Klasse war dämmrig, denn der Lehrer der 4b zeigte seinen Schülern mit dem Beamer einige Fotos von Stommeln, wie es vor dem Zweiten Weltkrieg ausgesehen hatte, Schwarz-Weiß-Bilder, die so gar nichts mit dem heutigen Ort zu tun zu haben schienen.

„Ich seh den Turm von St. Martinus!", rief einer der Schüler in die Klasse. „Der ist sechsundfünfzig Meter hoch!"

Die Klasse, die bisher aufmerksam den Geschichten von Agnes Stielow zugehört hatte, wurde unruhig.

„Genau sechsundfünfzig? Woher weißt du das?" – „Warst du schon oben?" – „Nie im Leben, sechsundfünfzig ist viel zu wenig." Der Lehrer versuchte, wieder Ruhe in die Klasse zu bringen und seine Fotoshow fortzusetzen, während Agnes Stielow in Gedanken abdriftete. Die Fotos, die auf der Wand erschienen, machten sie ein bisschen wehmütig, denn ihr war das alles vertraut. So hatte der Ort in ihrer Kindheit ausgesehen. Sie sah sich im Haus der Großeltern in der Werkstatt sitzen und fragte sich, welche wohl die älteste Erinnerung war, die sie hatte. 1939 war sie geboren worden. 1942 war sie drei. Konnte sie sich daran erinnern, dass Jenny Stock ihren Mantel zu ihrem Großvater zurückgebracht hatte? Der Mantel. Da war er wieder, obwohl sie den Kindern gar nichts davon erzählt hatte. Er war die Referenzgröße in ihrem Leben. An ihm bemaß sich, was Recht und was Unrecht war. Er gehörte mit dazu, wenn sie in irgendeiner Weise von der Vergangenheit sprach. Aber konkrete Erinnerungen hatte sie nicht daran, dass Jenny Stock bei ihrem Großvater gewesen war. Warum reichte das Gedächtnis nicht weiter zurück? So gerne hätte sie die Frau, der der Mantel gehörte, mit in ihrer Erinnerung gehabt und ein Bild, einen Geruch, eine Geste des Menschen behalten, der ihn einmal, wenn auch nur kurz, getragen hatte. War noch jemand dabei gewesen, als sie den Mantel brachte? Ein Kind? Sicher hätte sie mit ihm gespielt oder zumindest gesprochen. Aber sie konnte sich nicht daran erinnern. So blieb ihr nur der Mantel.

11
Zufällige Begegnung

Der Wind blies Fanette entgegen und sie musste kräftig in die Pedale treten, um vorwärts zu kommen. Sie war erst einmal in Stommeln gewesen, um ein Buch und ein paar Arbeitsblätter für Jakob von der Schule abzuholen, als er krank gewesen war. Aber der Weg war einfach zu finden und sie freute sich schon auf die Rückfahrt, wenn sie den Wind im Rücken haben würde. Doch zuerst musste sie Jakob finden. Ging er in die Klasse 3a oder 3b? Sie hatte vollkommen vergessen, Sabine noch einmal danach zu fragen. Und auf welcher Etage war seine Klasse? Hoffentlich verpasste sie Jakob nicht und er fuhr einfach ohne sie los!

Es roch nach Turnschuhen und nach Essen, als sie das Schulgebäude betrat, und von irgendwoher war ein Klavier zu hören. Fanette streifte die Gänge entlang, den Blick auf die Schilder neben den Türen gerichtet.

Da läutete plötzlich die Schulglocke und vor ihr ging eine Tür auf. Kinder strömten aus der Klasse, Fanette musste stehen bleiben und ihr Blick fiel in den dämmrigen Klassenraum, in dem immer noch ein schwarz-weißes Foto an die Wand geworfen wurde, obwohl der Unterricht beendet war. Sie trat näher und schaute, ob sie vielleicht Jakob irgendwo entdecken konnte. Aber diese Kinder hier waren größer als er.

Sie hob den Blick und sah die Vergrößerung eines Ladenschildes auf dem Foto: *Schneidermeister Gottfried Johnen, Damen – Herren – Maßarbeit.*

12
Susi, Freitag, 17. Juli 1942 – Abschied 1

Morgen.

Morgen würde es losgehen. Der ausgefüllte Stapel Papier lag ordentlich zusammengelegt auf dem Küchenbuffet und meine Mutter saß erschöpft auf einem Stuhl. Nicht mehr lange, dann würde der Schabbat beginnen. Plötzlich sprang sie wieder auf und kontrollierte noch einmal unser Gepäck.

„Susi", sagte sie schon zum zweihundertsten Mal, „haben wir jetzt auch wirklich das Wichtigste eingepackt?" Sie trank ein Glas Wasser und schaute rings in der Küche herum. „Wann werden wir das alles wiedersehen?", flüsterte sie in die Luft hinein, die ihr genauso wenig Antwort geben konnte wie wir. Dann kam Papa in die Küche. Er hatte im Schlachthaus noch irgendetwas von links nach rechts geräumt, weil er das Nichtstun und Warten einfach nicht aushielt. Jetzt trat er zu Mama hin und berührte sie zart am Ellenbogen.

„Bald haben wir es hinter uns", sagte er sanft, „wenn wir erst mal dort im Osten sind, wird es sicher besser für uns werden."

Mama legte kurz ihre Stirn an seine Schulter, doch plötzlich wandte sie sich um und rief: „Das Brot! Das Brot!" Sie ging zum Fenster, schaute die Straße hinauf und hinab, ob keine Leute unterwegs waren, so wie wir alle es machten, bevor wir vor die Tür gingen. Dann erst lief sie hinüber zum Bäcker Schumacher. Erstaunt sahen wir ihr hinterher. So nervös, so durcheinander und voller Unruhe, hatten wir unsere Mutter noch nie gesehen. Und wir selber? Die ungewisse Zukunft saß auch uns in den Gliedern. Einfach so zum Bäcker hinüberzulaufen, wie es jeder hier im Dorf ohne nachzudenken tat, erschreckte uns und wir mussten überlegen, wann es am ungefährlichsten war und uns niemand sehen würde. Und es machte auch keiner von uns mehr Scherze über den Namen des Bäckers, wie es früher an der Tagesordnung gewesen war.

„Pass auf, dass er dir keine gebackenen Schuhsohlen in die Tüte steckt!" Das war Opa Josefs Standardspruch gewesen, wenn einer hinüber in den Laden gegangen war. Und Papa hatte sich Schnürsenkelschnecken mit Marzipan zum Feiertagskaffee gewünscht.

„Hat der Bäcker nicht schon geschlossen?", fragte Papa. Wir gingen zum Fenster und sahen, wie Mama beim seitlichen Tor der Bäckerei stand und mit dem Bäcker verhandelte. Die letzten Brotmarken hatte sie extra für unsere Reise aufbewahrt. Im nächsten Augenblick sahen wir Johann, den Sohn des alten Schumacher, vors Tor treten und hinüber auf die andere Straßenseite gehen. Er schlug die Hacken zusammen und riss den Arm hoch. Wolfgang lief hinüber zum anderen Küchenfenster.

„Da hinten macht der Mies seinen Rundgang!", rief er. Dann ging die Tür auf und Mama kam mit zwei großen Achtpfündern Schwarzbrot im Arm zurück.

„Jenny", staunte Papa, „das geht doch nicht mit rechten Dingen zu. Das ist ja viel mehr, als uns zusteht!" Mama legte die Brotlaibe auf den Tisch und strich vorsichtig darüber.

„'Nimm', hat der Schuhmacher gesagt, 'für eure Fahrt nach Polen.' Und als ich protestieren wollte, hat er 'alles Gute' gesagt. Sein Sohn, der Johann, war Zeuge." Papa strich sich über den Schnauzbart. „Den haben wir gesehen", sagte er.

13
Wolfgang, Freitag, 17. Juli 1942 – Abschied 2

Die Brote lagen auf dem Küchenbuffet, und wir saßen um den Tisch herum, als wären wir auf einer einsamen Insel und schauten ins Lagerfeuer. Nur Papa, Mama, Susi und ich. Kein Kuschen vor Opa, der immer das letzte Wort hatte. Keine Flucht vor Tante Lenas Wutanfällen. Nicht die dünne Suppe auch noch mit drei zusätzlichen Essern teilen! Ungewohnt und neu war das, aber erstaunlich angenehm. Ein Frieden war bei uns eingezogen, der gar nicht richtig in diese Zeit passte.

Mama sagte gestern: „Bin ich denn eigentlich verrückt? Es geht uns schlecht, aber dass wir jetzt endlich einmal nur wir sind, wir vier, das ist doch auf der anderen Seite auch mal ganz wunderbar! Wenn jetzt noch Frieden wäre und alles wieder normal – eine solche Freude könnte man ja kaum aushalten!"

Am Tisch, kurz vor Beginn des Schabbat, reichte Mama mir und Susi nach rechts und links eine Hand und wir schlossen den Kreis zusammen mit Papa.

„Ihr seid das größte Glück meines Lebens", sagte sie. Sie, die nie viele Worte machte! Und dann drückten wir uns alle die Hände. Es kam mir so vor, als ginge so etwas wie ein heiliges Leuchten von uns allen aus.

„Unsere Liebe wird uns immer verbinden und tragen, egal, was noch mit uns geschieht", fuhr Mama fort. „Vergesst dass niemals!"

Ich glaube, in diesem Moment waren wir tatsächlich sicher, dass uns das schützen konnte. Geborgen von den vier Wänden, die noch die unseren waren. Eingehüllt von all den vertrauten Gerüchen, dem Ticken der Wanduhr und den Geräuschen der Nacht.

Mama ließ unsere Hände los, stand auf und entzündete die Schabbatkerzen. Mit den Händen bedeckte sie ihre Augen und betete: „Gelobt seist du, Ewiger, unser Gott, König der Welt, der uns durch seine Gebote geheiligt und uns befohlen hat, das Schabbat-Licht anzuzünden." Etwas leiser und mehr für sich betete sie weiter, nahm dann die Hände herunter und schaute in die hellen Flammen, die Licht- und Schattenfetzen durch die dämmrige Küche warfen. Sie hatte diese Worte schon so oft gesprochen, und doch war es mir an diesem Tag, als würde ich zum ersten Mal wirklich zuhören. „... Gott meiner Väter ... gib uns und ganz Israel ein gutes langes Leben; gedenke unser zum Guten und Segen; bedenke uns mit Hilfe und Barmherzigkeit ..."

Ja? Würde er das wirklich tun, der große, der so ferne Jahwe? Ich hatte in den letzten Jahren viel Zeit gehabt, in der Tora und den Schriften zu lesen, obwohl das bei uns zu Hause eigentlich nie eine große Rolle gespielt hatte.

Man ging in die Synagoge und betete mit, aber das reichte. Doch seitdem ich für mich diese Texte las, hatte sich das verändert. Ich wartete schon lange auf ein Zeichen von ihm. Was war sein Plan? Hatte er einen? Warum gab er mir keine Antwort?

Das Buch der Psalmen mochte ich lieber als all die Geschichten vom Auszug aus Ägypten oder den Heldentaten König Davids. In den Psalmen schreien die Menschen zu Jahwe und werfen ihm alles vor die Füße, was sie nicht verstehen und worunter sie leiden. „Vor all meinen Bedrängern wurde ich zum Spott, zum Spott sogar für meine Nachbarn. Meinen Freunden wurde ich zum Schrecken, wer mich auf der Straße sieht, der flieht vor mir. Sie taten sich gegen mich zusammen; sie sannen darauf, mir das Leben zu rauben."

Würde es denn immer so sein? Waren wir dazu verdammt, dass uns die anderen verfolgten?

Mama setzte sich hin und Papa ging auf den Dachboden und schaute durch die Luke, ob schon drei Sterne am Himmel zu sehen waren. Nachdem er zurückgekommen war, sprach er den Segen über das Brot und den Wein.

„Der Ewige ist mein Hirte, mir fehlt nichts. Auf grüner Wiese lässt er mich lagern, an ruhige Wasser führt er mich ... Du wirst mir den Tisch vor meinen Feinden richten ..."

Ja, tu das bald, Jahwe, gib uns einen Platz, an dem wir Ruhe haben, schlag die Nazis alle kaputt und gib uns unser Leben zurück. Oder was haben wir verbrochen, dass sie das mit uns tun dürfen? Gib mir irgendeinen Hinweis, dass es einen Sinn hat, was mit uns geschieht. Ich habe Angst, dass ich anfange, dich für das größte Hirngespinst zu halten, das sich Menschen jemals ausgedacht haben.

14
Agnes Stielow wundert sich

Agnes Stielow machte ihr Handy an und schaute sich jetzt sicher zum zehnten Mal das Foto an, das ihr dieses Mädchen geschickt hatte. *Gottfried Johnen, Schneidermeister, Damen – Herren – Maßarbeit, Hindenburgstraße 22, Stommeln. Ein schwarzer Damenmantel, zur Aufbewahrung.* Sie konnte es immer noch nicht fassen, dass da etwas aus den Tiefen der Vergangenheit aufgetaucht war, von dem sie bisher immer angenommen hatte, es würde ihr alleine gehören. Die Cahns, die nach Amerika ausgewandert waren, hatten nach dem Krieg Briefe geschrieben und noch Kontakt gehalten, als Gottfried Johnen längst gestorben war. Von der Familie Stock hatten sie nie wieder etwas gehört. Der Großvater hatte in den ersten Jahren nach dem Krieg immer wieder herumgefragt, ob nicht jemand eine Nachricht bekommen habe. Sogar bis nach Fliesteden war er gefahren, um Näheres herauszufinden. Doch niemand wusste etwas. Und jetzt tauchte plötzlich dieses französische Mädchen auf!

Agnes Stielow war froh, so froh, dass der Mantel bis zum heutigen Tag in ihrer Familie aufbewahrt worden war und immer noch bei ihr im Schrank hing. Anfangs war er eine Verpflichtung gewesen, ein Überbleibsel aus einer anderen Zeit. Dann hatte ihr Großvater es nicht übers Herz gebracht, ihn zu verkaufen oder von jemand anderem tragen zu lassen. Eine geheime Scheu hatte ihn und seine Erben davon abgehalten. Es wäre so gewesen, als hätte man der Familie Stock ein zweites Mal das Leben genommen, dachte Agnes Stielow in diesem Moment. Es wäre so gewesen, als wäre der letzte handfeste Beweis ihrer Existenz vernichtet worden.

15
Wie Vieh

Änni Mannebach horchte in die Stille ihres Hauses hinein. Die Tage zogen sich hin, als wollten sie nie enden. Tatsächlich, sie wartete. Wartete auf das Geräusch des Schlüssels, der sich im Schloss drehte, die Schritte auf der hölzernen Treppe und die hartnäckigen Blicke im Gesicht dieses Mädchens. Wer hatte jemals gefragt?

Sie nicht und auch sonst niemand im Dorf. Lange nicht. Nach dem Krieg hatten alle anderes zu tun gehabt, als sich Fragen zu stellen. Änni hatte noch genau die selbstgerechten Stimmen im Ohr, wenn das Gespräch auf Josef Mies oder die Familie Stock kam. Alle, alle hatten sich darauf berufen, dass es viel zu gefährlich gewesen war, den Mund aufzumachen. War es ja auch gewesen. Es hatte einem zum Verhängnis werden können, wenn der falsche Mensch eine tatsächliche oder auch nur vermeintliche Beobachtung gemacht und sie den Behörden gemeldet hatte. War der Bäcker Schumacher etwa nicht vom Ortsgruppenleiter zur Rede gestellt worden, weil er Jenny Stock am Abend, bevor sie abgeholt worden war, ein zweites Schwarzbrot gegeben hatte? Was den Nazi dazu bewogen hatte, auf eine Anzeige dann doch zu verzichten, wusste niemand. War es, weil auch der Bäcker Mitglied in der NSDAP war? Oder saß auch der Führung in den Dörfern der Tausend-Bomber-Angriff auf Köln noch in den Knochen? Man hatte andere Sorgen. Und die Juden waren ja jetzt schließlich alle weg.

Änni Mannebach sah durchs Fenster hinunter auf die Straßenecke zwischen dem Schreierhof und der Stelle, wo einmal das Haus der Familie Stock gestanden hatte und dachte an den 18. Juli 1942. Wie an jedem Samstag hatten alle im Dorf den ganzen Nachmittag damit zu tun gehabt, mit ihrem Tagewerk fertig zu werden. Die Kühe zu melken, den Stall auszumisten, die Fußböden zu schrubben und die Wäsche von der Leine zu nehmen. Ma Schreier ging am Samstagnachmittag zur Beichte in die Kirche, belächelt von manchen, die darin den Grund sahen, warum die Leute vom Schreierhof sich an manche Vorschriften einfach nicht hielten. Von den Stocks konnten sie einfach nicht ablassen! Änni sah ihre Mutter vor sich, wie sie die Kittelschürze an den Haken im Flur hing, das Gebetbuch in die Hand nahm und unbeeindruckt ihrer Wege ging.

Sie war schon hinter den roten Backsteinmauern der Simeon Kirche verschwunden, als gegen halb vier zwei Viehtransporter über die staubige Hauptstraße ins Dorf gefahren kamen. Sie hielten an der Ecke rechts vom Schreierhof. Einer der Fahrer sprang aus dem Führerhaus und lief hinüber zum Haus der Stocks. Er wusste, wo er hinmusste. Der Judenstern war nicht nur auf der Kleidung Vorschrift, er war auch mit weißer Kreide auf die Haustür gemalt. Änni sah jetzt auch sich selbst, wie sie in diesem Moment aus dem kleinen Lebensmittelladen trat, die Transporter vorbeifahren sah und nach Hause rannte.

Doch noch ehe sie den Schreierhof erreicht hatte, hielt einer der Nachbarn, die sich in Windeseile von der Arbeit losgerissen hatten, um das Schauspiel nicht zu verpassen, sie fest. Aus der Entfernung hatte sie im Dämmer der großen Wagen, in denen sonst Kühe und Schweine transportiert wurden, dicht zusammengedrängt und nach Geschlechtern getrennt, Männer und Frauen stehen sehen, die mit ängstlichen, beschämten Blicken abwarteten, dass es weiterging. Dann ging die Tür des Stockschen Hauses auf und Tante Jenny, Jüdde Mäx, Susi und Wolfgang kamen heraus, Susi an der Hand ihrer Mutter und Wolfgang bei seinem Vater, jeder mit einem kleinen Koffer in der Hand. Änni hatte sich darüber gewundert, dass sie alle ordentlich zugeknöpfte Mäntel trugen, die für Juli viel zu warm waren. Eilig wurden sie zu den Laderampen der Lastwagen getrieben, die Männer nach links, die Frauen nach rechts. Dort kam die Gruppe nun zum Stehen, und die Männer riefen: „Platz da! Macht Platz!"

Änni erinnerte sich noch genau daran, dass in diesem Moment eine ihrer schwarz-weißen Katzen aus dem Hoftor kam und geradewegs auf Susi zu lief, das Köpfchen an ihrem Fußgelenk rieb und sie zum Spielen aufforderte. Doch als sich Susi zu ihr hinunter bücken wollte, traf sie ein Stoß des Mannes, der für den Transport verantwortlich war. Er rief: „Voran jetzt, rein mit euch!", und Susi stolperte die Rampe hinauf. Doch der Wagen war schon ziemlich voll und es war gar nicht so einfach, noch Platz zu finden, deshalb lief der Mann hinter ihnen her die Rampe hinauf und schob und drückte Tante Jenny und Susi in die Menschenmenge im Wagen hinein. Als die Rückklappe wieder geschlossen war, hörte Änni, wie ein SA-Mann, der in ihrer Nähe stand, sagte: „Wenn kein Platz mehr ist, einfach hinten dranbinden! Was wird das Judenpack überhaupt gefahren." Auf der anderen Seite hörte sie eine Frauenstimme sagen: „Die Jenny überlebt den Transport nicht, sie ist doch so eine feinfühlige Frau!" Dann waren die Transporter losgerumpelt und Änni hatte sich losgerissen und war nach Hause gerannt.

„Sie sind schon weg? Wieso sind sie schon weg?" Als Ma Schreier nach Hause gekommen war, hatte sie nicht glauben können, dass sie sich nicht von den Nachbarn hatte verabschieden können. Doch Änni war damals froh gewesen, dass ihre Mutter nicht dabei gewesen war. Wäre sie so stumm geblieben, wie all die anderen, die dabeistanden? Ihre Ma hatte sich zu ihr in die Küche gesetzt und sie hatten beide zusammen in diesem entsetzlichen Moment ausgeharrt, in dem die Uhr an der Wand einfach weitertickte.

16
Bist du noch da?

Aron Schatz hörte Moumouches Stimme, aber er war nicht in der Lage, ihm zu antworten. Er befand sich in einem Zwischenreich und fühlte sich ein bisschen, als würde er auf Wolken schweben. Hier tat ihm nichts weh und auch seine Gedanken kannten kein Davor und kein Danach mehr. Der große schwarze Vogel, der so oft auf seiner Bettkante gesessen hatte, war in weite Ferne davongeflogen. Aron hatte das sichere Gefühl, alles getan zu haben, was nötig war. Er hatte Fanette die Dinge übergeben, die er zu vererben hatte, mehr gab es für ihn nicht zu tun. Sein Paradies konnte ihm niemand nehmen. Es hatte ihn fünfundneunzig Jahre lang am Leben erhalten. Jetzt würde er es mitnehmen auf die andere Seite.

Moumouche spürte einen ganz leichten Druck der zerbrechlichen alten Männerhand in seiner eigenen, die ihm in diesem Augenblick wie eine pulsierende Pranke erschien. Sehr vorsichtig hielt er die runzligen Finger Stunde um Stunde weiter fest.

17
Susi schaut auf den Rhein

Die Fahrt in dem großen Viehwagen kam mir endlos vor. Wie die Ölsardinen standen wir nebeneinander und bekamen die ganze Fahrt über kaum Luft. Ich dachte, ich werde ohnmächtig und war heilfroh, dass ich Mamas Hand im Gedränge nicht verlor. Als wir bei den Messehallen am Bahnhof Köln-Deutz ankamen und die Laderampe des Transporters wieder geöffnet wurde, konnten wir endlich frische Luft schnappen. Mein Gott, was war dort in der Messe los, so viele Menschen hatte ich noch nie auf einmal gesehen! Es waren Hunderte, Junge, Alte, Männer, Frauen und Kinder, die in dem mit Stacheldrahtzaun abgetrennten Bereich versammelt waren. Alles Juden. Und überall standen Polizisten, die uns bewachten. Als Nächstes fiel mir auf, dass unglaublich viele Jugendliche in der Menge waren. Wolfgang traf einen jungen Mann, den er noch aus der Jawne kannte, der Schule, in die er in Köln eine Zeit lang gegangen war. Doch sie konnten sich nur kurz begrüßen, denn jeder musste sich um die verschiedensten Dinge kümmern. Als Erstes standen wir in einer langen Reihe an, um in eine Liste eingetragen zu werden und eine Evakuierungsnummer zu bekommen. Diese Nummer mussten wir auf unsere Kleidung heften und mit Kreide auf unsere Koffer schreiben. Dann mussten wir am nächsten Platz unsere Koffer aufmachen und sie wurden, wie alle anderen, durchsucht oder besser gesagt: durchwühlt! Schmuck, Ringe, Medikamente – das alles musste abgegeben werden. Mama drückte mich an sich und ich wusste, dass sie Angst hatte, die Kleider, die wir trugen, würden auch durchsucht werden. So wie der Schneidermeister Gottfried Johnen der Familie Cahn Schmuck und Geld in die Mäntel eingenäht hatte, hatte Ma Schreier uns geholfen, Säume aufzutrennen und ein paar wertvolle Dinge darin zu verstecken. Aber zum Glück ließ man uns in Ruhe und niemand untersuchte unsere Kleider. Dann mussten Mama und Papa und sogar Wolfgang jeder ein Papier unterschreiben, in dem stand, dass sie Kommunisten gewesen waren. Im Gegenzug bekamen sie von einem Gerichtsvollzieher eine schriftliche Verfügung in die Hand gedrückt, die ihnen mitteilte, dass unser gesamtes Vermögen nun dem Deutschen Reich gehörte.

„Papa, welches Vermögen? Was bedeutet das alles?", wollte ich wissen, aber niemand wusste eine Antwort darauf. „Gehört uns jetzt unser Haus nicht mehr und alle Sachen, die wir dagelassen haben?" Mama und Papa sahen sich besorgt an und schwiegen. Zusammen gingen wir bis zu dem Stacheldrahtzaun, mit dem das Gelände abgesperrt war und schauten auf den Fluss und den Dom auf der anderen Rheinseite. Was für eine große, mächtige Kirche! Majestätisch stand sie da am Ufer, viel höher als all die kleinen Häuser und so wunderschön. Wie oft hatte ich mir gewünscht, wir würden einmal nach Köln fahren – einfach so – und am Rhein spazieren und in den Dom hinein gehen! Auch wenn ich in Fliesteden geboren war, Köln war doch auch unsere Stadt, schon allein, weil Aron dort lebte. Ich hoffte so sehr, dass er lebte, dass niemand ihn entdeckt hatte in einem seiner vielen Verstecke! Einmal waren wir in Köln in der großen Synagoge in der Glockengasse gewesen, als Aron seine Bar Mizwa gefeiert hatte. Da durfte er zum ersten Mal vor allen Leuten aus der Tora lesen. Den Gebetsschal um die Schultern gelegt, stand er da in dieser prachtvollen Synagoge und sah aus wie ein König. Wolfgang hatte das nicht erleben dürfen, denn alle Synagogen in Deutschland waren schon zerstört, als er dreizehn wurde und seine Bar Mizwa hätte feiern können. Für mich und meine Bat Mizwa galt das Gleiche. Ob wir das irgendwann nachholen konnten? Vielleicht gab es ja im Osten auch Synagogen. Vielleicht würden sie eingerichtet werden, wenn doch jetzt so viele Juden dort angesiedelt wurden.

Langsam wurde es Abend, immer noch war keine Rede davon, dass wir endlich in einen Zug steigen sollten. Niemand sagte uns etwas, stattdessen mussten wir uns alle in den Messehallen sammeln, um dort zu übernachten. An manchen Stellen waren Stroh und Sägespäne aufgeschüttet. Aber da wollte Mama nicht hin, denn sie sagte: „Wie werden wir anschließend aussehen?" Wir drängten uns mit unseren Koffern auf dem Steinboden zusammen und versuchten zu schlafen. Erst dachte ich, ich schaffe es nie einzuschlafen, doch dann fielen mir über dem Murmeln der Menschen und dem vereinzelten Weinen der Kinder die Augen zu. Wenn ich nachts aufwachte, schaute Papa mich an und streichelte meine Wange als wollte er sagen: Mach dir keine Sorgen, morgen ist ein neuer Tag!

Am nächsten Morgen tat mir der Rücken weh, so unbequem war es da auf dem Boden gewesen mit dem Kopf in Mamas Schoß. Und ich hatte Hunger. Nach ein paar Stunden kamen einige jüdische Männer, die in der Nähe in einem Rüstungswerk arbeiteten, und brachten uns Kaffee. Mama hatte das Schwarzbrot vom Bäcker Schumacher in dicke Scheiben geschnitten und jedem von uns ein paar davon in die Jackentaschen gesteckt, so hatten wir wenigstens etwas zu essen. Ansonsten verging auch dieser Tag mit Warten. Niemand sagte uns, wann wir endlich abfahren würden. Wir saßen fest in diesen Hallen und trotzdem war die Stimmung gut. Die vielen jungen Männer, die dabei waren, freuten sich richtig auf die Fahrt in den Osten. Endlich arbeiten, draußen in der Landwirtschaft mithelfen, anstatt in irgendwelchen miefigen Wohnungen zu hocken! Ihre gute Laune war ansteckend, selbst diejenigen, die das Schlimmste befürchteten, ließen sich davon mitreißen. Wolfgang traf seinen Klassenkameraden ein zweites Mal wieder und war so entspannt, wie lange nicht mehr. Ich glaube, ich habe ihn sogar lächeln gesehen. Früher wäre ich sofort mitgegangen und hätte mich auch zu den Jungs gesetzt. Aber inzwischen war ich dreizehn und es gelang mir einfach nicht mehr, unbefangen zu sein. Diese jungen, kräftigen Männer, die miteinander über die Zukunft redeten und sogar Lieder sangen, verursachten mir Herzklopfen.

Plötzlich machte ein Wort die Runde: Minsk! Minsk?
„Wo ist das? Gehört das zu Polen?", fragte ich. Wolfgang lachte mich aus!
„Minsk war bis vor genau einem Jahr die Hauptstadt der Sozialistischen Sowjetrepublik Belarussia", erklärte er. „Dann hat die deutsche Wehrmacht die Stadt erobert." So ein Schlaukopf! Wenn er jetzt auch noch gewusst hätte, wann wir endlich abfahren würden, wäre ich sehr glücklich gewesen. Da geisterte eine neue Nachricht durch die Hallen: Am nächsten Tag um drei Uhr würde der Zug abfahren! Oh, nein, noch eine Nacht auf dem Boden!

18
Den Wind im Rücken

„Fanette, warum sagst du nichts? Bist du sauer auf mich?"

Fanette sah hinüber zu Jakob, der auf seinem Kinderrad neben ihr her strampelte. Sie waren schnell unterwegs mit diesem Wind im Rücken. Fanette war in Gedanken immer noch in diesem dämmrigen Klassenraum und bei der Frau mit den roten Haaren gewesen. Auf dem Weg nach Hause hatte sie Jakob tatsächlich einen Moment lang vergessen gehabt.

„Jakob, warum soll ich denn sauer auf dich sein? Du hättest allen Grund, mir böse zu sein! Ich hab dich schließlich warten lassen."

Als Fanette seine Klasse endlich gefunden hatte, war dort niemand mehr zu finden gewesen. Auf dem Schulhof saß Jakob ganz alleine und etwas verloren, als sie endlich auftauchte.

„Ich glaube, das war ziemlich blöd von mir. Aber ich hatte einfach eine so unglaubliche Entdeckung gemacht!"

„Und was für eine? Hast du etwa ein Geheimversteck entdeckt oder herausgefunden, wo die Lehrer die Süßigkeiten aufbewahren?", fragte Jakob.

Fanette musste lachen. „Nein, etwas aus der Vergangenheit ist aufgetaucht, so plötzlich und völlig unerwartet, dass ich es kaum glauben kann."

Als Fanette später am Abend in ihr Zimmer ging, um Moumouche von ihrer unglaublichen Begegnung in der Schule zu schreiben, sah sie eine neue Nachricht auf ihrem Handy.
Freitagmorgen um 10 Uhr?
Absender war die Frau mit den roten Haaren.
Fanettes Herz begann zu klopfen wie am Nachmittag in der Schule schon. Ob die Enkelin des Schneiders etwas über die Familie Stock wusste?
Übermorgen würde sie mehr erfahren.

19
Wolfgang möchte hoffen können

Dieser Durst! Dieser schreckliche Durst! In dem verschlossenen hölzernen Waggon war es heiß wie in einem Glutofen, aber nur selten brachten uns die Soldaten einen Kübel Wasser, aus dem jeder einen Löffel schöpfen konnte, falls er das überhaupt noch fertig brachte. Es musste gerade Nacht sein, kein Licht drang durch die schmalen Ritzen zwischen den Holzlatten. Aber ich hörte die ersten Vögel singen, der nächste Morgen schien anzubrechen. Würden wir jemals ankommen in diesem Minsk? Ich hatte das Gefühl, die Fahrt würde nie enden und wir würden auf ewig in dem Waggon gefangen sein und weiterfahren. Ein Glück, dass wenigstens Susi eingeschlafen war. Ich versuchte mich abzulenken und dachte an unsere Abfahrt vor drei Tagen in Köln. Da hatten wir ja noch keine Ahnung, was uns bevorstehen würde! Eine zweite Nacht mussten wir warten und wieder wunderte ich mich darüber, warum die ganzen jüdischen Jugendlichen der Stadt so guter Dinge waren.

Wir wurden behandelt und bewacht wie Schwerverbrecher und sie malten sich in den buntesten Farben aus, was sie im Osten alles tun würden. Sie waren sich so sicher, dass sie in ein paar Jahren nach Hause zurückkehren würden. Mit ihnen zusammen war es leicht, mutig zu sein. Aber als der Morgen graute, hörte ich die Soldaten heranmarschieren, die uns von da an die ganze Fahrt über begleiteten. Ihre Stiefel knallten im Gleichschritt auf den Asphalt. Und sie sangen. „Kameraden, Soldaten, stellt die Juden, diese Lumpen, an die Wand". So wurden wir geweckt. Um sechs Uhr kam dann der Befehl zum Aufbruch. Die ganze Masse der Menschen in den Hallen erhob sich langsam, wie in Zeitlupe, und setzte sich in Bewegung. Von den Messehallen bis zum Bahnhof Deutz waren es einige Meter und alle schauten, dass sie ihre Kinder an die Hand nahmen und gleichzeitig die Koffer tragen konnten. Die jüdischen Fabrikarbeiter, die uns immer wieder Suppe, Kaffee oder Wasser gebracht hatten, halfen auch jetzt, trugen Koffer oder Kinder und taten ihr Bestes, damit nichts verloren ging. Dann fuhr der Sonderzug auf dem Bahnsteig ein und alles musste schnell verladen werden. Die Menschen drängten in die Abteile, ein ungeheures Schieben und Drücken begann und trotz der Hilfe der treuen Arbeiter blieben einige Koffer auf dem Bahnsteig zurück.

Noch waren wir zusammen, Mama, Papa, Susi und ich. In einem Abteil, in dem normalerweise sechs Personen Sitzplätze hatten, drängten wir uns zu zehnt zusammen, die Kinder auf dem Schoß der Eltern oder auf dem Boden. Auf dem Gang schoben sich weitere Menschen vorbei, die irgendwo noch einen freien Platz suchten. Plötzlich sagte ein Mann aus unserem Abteil: „Da ist der Herr Direktor Klibansky!" Und sogleich zog er seinen Hut, um den Mann mit der Brille und der Halbglatze auf dem Gang zu grüßen. Ich wusste, wer Erich Klibansky war. Der Direktor der Jawne, des jüdischen Reform-Realgymnasiums in Köln wurde von allen Schülern geliebt. Er hatte für jeden ein gutes Wort. Einmal war ich ihm zusammen mit Aron begegnet und er hatte so freundlich gegrüßt, als sei er kein Schuldirektor, sondern ein Freund der Familie. Jetzt waren er, seine Frau und seine Söhne also auch mit auf unserem Transport! Warum war er nicht nach England ausgewandert? Vielen Schülern, die er auf eine Englisch-Sprachprüfung vorbereitete, hatte er die Möglichkeit verschafft, dorthin zu emigrieren. Hatte er nicht an seine eigene Familie gedacht?

Der Zug setzte sich in Bewegung und wir versuchten, uns alle trotz der Enge und Unbequemlichkeit in unserem Abteil irgendwie einzurichten, den Nebenmann nicht zu sehr zu bedrängen und ihm Ellbogen oder Knie in die Rippen zu stoßen. Der Familie, die sich mit uns den wenigen Platz teilte, war es gelungen, ein ganzes Brot zu behalten, von dem sie uns bereitwillig abgab. Doch solange wir noch von unseren Schwarzbrotscheiben übrig hatten, lehnten wir dankend ab.

Susi sah mich mit traurigen Augen an. Sie, die sich doch als Einzige in gewisser Weise auf die Reise gefreut hatte, stand viele Stunden am Fenster, stumm und nachdenklich und betrachtete die Bahnhöfe, an denen wir vorbeifuhren, ohne je anzuhalten. Spät am Abend erreichten wir Berlin, wo es endlich einen Halt gab und Wasser und Kaffee verteilt wurden. Berlin, die Reichshauptstadt. Aber wir sahen kaum etwas davon, denn der Zug hielt auf einem Nebengleis. Am Bahnsteig sah ich ein Plakat: 25. und 26. Juli 1942 Deutsche Leichtathletik Meisterschaften im Berliner Olympiastadion. Das war am nächsten Wochenende. Wo würden wir dann sein?

Als wir wieder losfuhren, zogen die erleuchteten Fenster der riesengroßen Stadt an uns vorüber. Der Zug ratterte Stunde um Stunde weiter in Richtung Polen.

Hatten wir früher, wenn wir am Schabbat die drei Kilometer hinüber nach Stommeln gewandert waren, ununterbrochen erzählt, Geschichten erfunden oder Mama und Papa zugehört, die aus ihrer Kindheit erzählten, hatte auf dieser Reise niemand das Bedürfnis nach Unterhaltung. Je länger die Fahrt andauerte, umso stiller wurde es. Nur die barschen Stimmen der Soldaten, die uns bewachten, waren zu hören, wenn sie ab und zu Wasser oder eine dünne Suppe verteilten.

Die Städte, die an uns vorüberzogen, wurden immer kleiner. Wir fuhren durch eine Landschaft, die nur noch aus dem unendlichen Grün riesiger Wälder bestand, als rücke der Kurort immer näher, das Ferienlager, in dem wir uns endlich von den Strapazen erholen konnten. Aus einem anderen Abteil hörte ich noch einmal die Jugendlichen singen und war froh, dass sie dafür die Kraft hatten. Dann erreichten wir am Mittwoch, dem 22. Juli, zwei Tage nach unserer Abfahrt, Wolkowysk und waren überrascht, als wir hörten, dass wir nun in Belarussia seien, in Weißrussland. Minsk konnte nicht mehr weit sein!

Es dauerte nicht lange, dann hörten wir die Soldaten Anweisungen geben, dass alle die Personenwagen zu verlassen hätten und in bereitstehende Güterwaggons umsteigen sollten. Das Gedränge begann von Neuem, nur diesmal in umgekehrter Richtung, aus dem Zug hinaus auf den Bahnsteig, wo die Soldaten kurze, scharfe Befehle gaben. Kinder und Erwachsene mussten sich in zwei verschiedene Gruppen aufteilen, das Gepäck kam auf einen großen Haufen. Wir waren verwirrt. Was war jetzt los, wieso sollten wir nicht mehr mit Mama und Papa zusammen fahren? Sie umarmten uns schnell und ich sah noch, dass Mama weinte und rief ihr zu: „Ich passe auf Susi auf, mach dir keine Sorgen."

Dann waren wir schon Teil der Menge, die nach rechts gedrängt wurde. Über schmale Eisenstufen stolperten wir hinein in einen der Waggons, in dem nur ein wenig Stroh den Boden bedeckte. Mit Mühe ergatterten Susi und ich einen Platz am Rand des Waggons, wo wir uns gegen die Holzplanken lehnen konnten. Keine Sitzplätze mehr, keine Fenster, durch die wir noch hätten schauen können. Nur Kinder und junge Leute, die verängstigt nebeneinandersaßen und -lagen und erschraken, als die schwere Waggontür mit lautem Rumpeln und Quietschen zugeschoben und verschlossen *wurde. Dämmriges Licht umfing uns. Nur sehr schmale Streifen Sonnenlicht fielen durch die Ritzen zwischen den Holzplanken herein. Da saßen wir und warteten ein weiteres Mal, was geschehen würde. Das Dämmerlicht verwandelte sich allmählich in tiefe Dunkelheit, dann setzte sich der Zug in Bewegung. Susi weinte leise an meiner Schulter, denn sie verstand genauso wenig wie wir alle, warum wir jetzt wie eine Herde Ziegen oder Schafe weitertransportiert wurden und Stunde um Stunde in diesem elenden Güterwaggon sitzen mussten.*

Die Zeit löste sich auf, wir verloren die Orientierung und wussten nicht mehr, welcher Tag war und welche Stunde. Die Räder des Zuges ratterten erbarmungslos weiter.

Dann blieb der Zug plötzlich stehen. Eine neue Ewigkeit begann. Unendlich viele Stunden lang hörten wir draußen die Grillen zirpen, während die Hitze um uns herum unerträglich wurde. Kaum einer konnte sich noch rühren vor Erschöpfung. Der irre Durst ließ die Zunge am Gaumen kleben und manchmal sah ich Schatten durch den Wagen geistern, die wahrscheinlich gar nicht da waren. Das Einzige, was tatsächlich vorhanden war, war der ungeheure Gestank von Schweiß, von Erniedrigung, von Pisse und Kacke, die in den Ecken vor sich hin dampfte. Ich konnte nicht unterscheiden, wer schlief, wer ohnmächtig war oder vielleicht gar nicht mehr am Leben. Apathisch saßen wir immer noch dort, als ich draußen die ersten Vögel singen hörte. Sie sangen da draußen, als gäbe es weder die Soldaten, noch den Transport und auch uns nicht. Es war merkwürdig, aber dieses Vogelgezwitscher war tatsächlich ein Trost. Kein Befehl konnte die Vögel zum Schweigen bringen. Das Leben war nicht zu Ende, da draußen ging es weiter in all seiner Schönheit und Pracht, auch wenn wir gerade davon ausgeschlossen waren.

Aber was war das? Der Zug fuhr an. Er setzte sich tatsächlich wieder in Bewegung. Wir fuhren! Wir fuhren und sofort war auch die Hoffnung wieder da, dass es doch noch ein Ankommen geben würde. Langsam und regelmäßig drehten sich die Räder und machten dabei ein Geräusch, das sich wie ein Herzschlag anhörte.

Und dann plötzlich wieder ein Halt, ich hörte laute Stimmen, die Waggontür wurde geöffnet und fahles Morgenlicht fiel herein. Ich weckte Susi und hielt mir gleichzeitig eine Hand vor die Augen, weil selbst dieses frühmorgendliche Licht in meinen Augen brannte. Aus allen Waggons kamen die Menschen hervorgekrochen und sammelten sich auf dem Platz an diesem Bahnhof. Ich schaute herum, ob ich nicht Mama und Papa entdecken konnte, doch es waren einfach zu viele Menschen. Ein Mann in Uniform trat vor uns hin. Ich konnte ihn zwar nicht sehen, aber ich hörte es an den Stiefelschritten, die ihn begleiteten. Er erhob seine Stimme und erklärte in beruhigendem Ton, dass die Ansiedlung jetzt beginnen und wir nun auf die landwirtschaftlichen Betriebe verteilt würden, wo wir bis zum Ende des Krieges leben und arbeiten würden.

Mir war alles egal, ich war zu müde und erschöpft, um noch irgendetwas erwarten oder mich auf irgendetwas freuen zu können. Ich war leer, vollkommen leer und wenn ich Susi anschaute, sah ich, dass es ihr genauso ging. Wir schleppten uns zu den großen Autos, die bereitstanden, um uns das letzte Stück des Weges weiter zu transportieren. Sie sahen wieder so ähnlich aus wie die Viehtransporter, mit denen wir aus Fliesteden abgeholt worden waren. Nur waren diese Transporter nicht aus Holz, sondern ganz aus Metall. Wir stiegen ein und standen wieder dicht an dicht. Ich hielt Susi fest umschlungen in meinen Armen. Fliesteden? Unser Dorf, es war so weit weg, als hätte es nie existiert!

Aber wir beide waren zusammen, das war das Wichtigste.

20
Frühmorgendlicher Besuch

Diese weiten Felder! Und die vielen Gedanken in ihrem Kopf. Fanette bremste und schaute über die sanft gewellte Landschaft, die vor ihr lag. Erst in der Ferne wurde der Felderteppich von kleinen Wäldchen unterbrochen, setzte sich jedoch rechts und links davon weiter fort. Jeder Ort in dieser Gegend schien einen breiten grünen Gürtel um sich herum zu haben. Fanette dachte an Paris. Was für ein Unterschied! Sie hatte die Arme auf den Lenker gelegt und ließ ihren Blick schweifen. Aber so viel sie sich auch mit anderen Bildern ablenkte, immer wieder hatte sie das Ladenschild vor Augen, das sie auf der Leinwand in der Schule in Übergröße gesehen hatte. *Schneidermeister Gottfried Johnen, Damen – Herren – Maßarbeit.* Gleich würde sie mehr darüber erfahren, was es mit diesem Schneider auf sich hatte und vielleicht auch, was aus dem Mantel geworden war. Und dann musste sie schnellstens mit Aron sprechen. Was war nur mit Moumouche los? Sie konnte ihn schon seit zwei Tagen nicht erreichen.

Fanette schaute in die Ferne und dazu sangen die Vögel ohne die kleinste Pause. Über dem Feld, geradewegs vor sich, sah sie einen kleinen Vogel in der Luft stehen. Was das wohl für einer war? Plötzlich flog er herunter, mitten ins Feld hinein auf den Boden und war nicht mehr zu sehen. Sein Gesang jedoch ging immer weiter. Fanette bekam große Lust, noch viel öfter Fahrrad zu fahren. Warum entdeckte sie das jetzt erst? Die Gegend war flach, es gab überall Radwege, und man konnte einfach immer weiterradeln. Nachdem sie Jakob heute noch einmal bis zur Schule begleitet hatte, war sie kreuz und quer durch Stommeln gefahren, denn es war noch zu früh, um bei Agnes Stielow aufzutauchen. Sie hatte versucht, zur Hindenburgstraße zu gelangen, in der die Schneiderwerkstatt von Gottfried Johnen gewesen war, doch selbst das Navi konnte die Adresse nicht finden. Ob es die Straße nicht mehr gab? Vielleicht hatte sie heute einen anderen Namen. Fanette schaute auf die Uhr. Kurz nach neun. Jetzt konnte sie sich langsam auf den Weg zu der Adresse machen, die Frau Stielow ihr geschickt hatte. Doch als sie nach fünf Minuten dort ankam, war es immer noch zu früh. Fanette drehte weiter Runden durch die ruhigen Straßen.

Das weiße Eckhaus war ihr Fixpunkt, man konnte es gar nicht verpassen. Dreimal war sie schon daran vorbeigefahren. Als sie um kurz vor halb zehn endlich anhielt, um das Fahrrad abzustellen, ging die Haustür im Eckhaus ganz von alleine auf. Ein Mann trat heraus und schaute zu, wie sie das Rad mit dem Laternenmast verband. Er hob die Hand, als sie zu ihm hinüberschaute.

„Guten Morgen, junge Dame", sagte er, als sie näher kam, „der Kaffee wartet schon!" Dann machte er Frau Stielow Platz, die hinter ihm aufgetaucht war.

„Komm rein", sagte sie und reichte Fanette die Hand. „Hättest ruhig schon eher klingeln können. Wir sind ja immer so früh auf!"

Fanette folgte ihr durch den kleinen Flur ins Wohnzimmer, wo der Tisch gedeckt war. Mein Gott, wie ordentlich hier alles war! Ganz anders als bei Sabine und Jochen. Schöne alte Möbel, dicke Polster, nichts lag herum. Agnes Stielow trug eine große Brille, und ihr rotes Haar war so ordentlich frisiert, als wäre sie heute Morgen schon beim Friseur gewesen. Sie war angezogen, als würde sie gleich zu einem Konzert aufbrechen, und strahlte bei aller Eleganz gleichzeitig so eine zugewandte Freundlichkeit aus, dass Fanette sich gleich wohl fühlte. Sie vergaß, dass sie in einem fremden Haus bei fremden Leuten war.

„Hast du überhaupt schon gefrühstückt?", fragte Agnes Stielow „Hier sind noch Brötchen, und die Marmelade ist selbst gemacht." Dann wandte sie sich an ihren Mann: „Erich, bring uns doch mal den Kaffee!" Fanette kam sich vor wie ein lange erwarteter Gast, dem man nun als Entschädigung für die Reise das Leben so angenehm wie möglich zu machen versuchte.

„Und jetzt musst du mir erzählen, woher du im fernen Frankreich den Namen meines Großvaters kennst!", sagte Agnes Stielow, während sie Kaffee in die Tassen goss.

Fanette fasste schnell zusammen, was es zu erzählen gab, unterbrochen nur von dem wiederholten „Das gibts doch nicht!", das Agnes Stielow dazwischenwarf. „Dein Nachbar kannte die Familie Stock aus Fliesteden! Ein Lebenszeichen nach so vielen Jahrzehnten! Weiß er denn auch, was aus ihr geworden ist?"

Fanette schüttelte den Kopf. Dann nahm sie ihr Handy und zeigte Agnes Stielow das Foto von dem alten Abholzettel. Die studierte es genau, vergrößerte die Einzelheiten und schüttelte fassungslos den Kopf. Als sie Fanette das Handy zurückgab, hatte Agnes Stielow Tränen in den Augen.

„Sollen wir ihn mal holen?", fragte sie, wobei ihre Stimme ein bisschen stolperte.

„Den Mantel?" Fanette traute ihren Ohren nicht.

„Komm!" Agnes Stielow nahm Fanette an die Hand und ging mit ihr zurück in den Flur und dann die Treppe hinauf ins obere Stockwerk. Links war das Schlafzimmer, in dem ein großes Doppelbett fast den gesamten Raum einnahm. An der Wand rechts stand ein großer Schrank, den Agnes Stielow aufschob und aus dem sie einen Kleidersack nahm. Sie kam zurück in den Flur und hängte den Kleidersack an die Garderobe, die sich dort befand. Langsam öffnete sie den Reißverschluss in der Mitte und schob die Plastikhülle beiseite.

Der Mantel!

Fanette konnte es nicht fassen. Da war er tatsächlich, der Mantel, der bisher nur ein Schriftzug auf einem vergilbten Stück Papier gewesen war. Überwältigt betrachtete sie den schweren Stoff, der in sich ein wenig gemustert war und streckte automatisch ihre Hand danach aus. Vorsichtig fühlten ihre Fingerspitzen dem Muster nach, in das Wünsche und Lebenshoffnungen ebenso eingewebt waren wie Wollfäden. Fest war dieser Stoff, nicht weich und anschmiegsam, wie sie es sich vorgestellt hatte. Durfte sie ihn überhaupt berühren, den spitzen Kragen, die blanken Knöpfe? Fanette erschrak ein wenig, als Agnes Stielow die Stille unterbrach, die sie minutenlang umgeben hatte.

„Das gute Stück", begann Agnes Stielow, „man sieht ihm gar nicht an, dass er siebzig Jahre alt ist. So ein feines Fischgrätmuster! Und so viel Handarbeit. Schau mal, die Knopflöcher, die sind nicht maschinell gemacht, sondern mit der Hand. Mit der Hand meines Großvaters. Ich sehe ihn vor mir, wenn ich den Mantel in die Hand nehme. Dem einen oder anderen Knopf sieht man an, dass der Mantel einmal auf dem Boden lag während des Krieges. Später wurde er dann immer in ein Laken eingeschlagen, damit nichts an ihn dran kam."

Agnes Stielow musste daran denken, dass sie die Ehrfurcht vor diesem Kleidungsstück, das die Erwachsenen hüteten wie eine Kostbarkeit, als Kind verwundert hatte. Erst später hatte sie verstanden, dass dieser Mantel so viel mehr war, als nur ein Mantel.

„Also, es kommt mir so vor, als wäre er ein ziemlich modisches Stück gewesen. Für den Übergang sagte man, also für das Frühjahr und für den Herbst. Wenn der Winter vorbei war und es noch zu kühl war, um nur im Kleid zu gehen, dann trug man den Mantel. Und im Herbst, bevor man den dickeren Wintermantel anzog."

Fanette ließ ihre Augen gebannt über den Stoff wandern, um nur ja keine Einzelheit auszulassen. Ein Mantel für den Übergang – vom Leben in den Tod, von einer Zeit in eine andere Zeit, für den Übergang in die Erinnerung. Andere Mäntel nutzen sich ab, werden fadenscheinig oder von Motten angefressen, Knöpfe gehen verloren oder der Schnitt kommt aus der Mode. Dieser

Mantel hatte die Zeit überdauert und war zu einer ganz handfesten Erinnerung geworden. An den Schneider, der ihn angefertigt und an die Frau, die ihn nie getragen hatte.

„Sollen wir den Mantel hier hängen lassen oder sollen wir ihn mit hinunternehmen?" Fanette fuhr zusammen, so versunken war sie gewesen. Gerne wollte sie den Mantel noch weiter in der Nähe haben und betrachten können. Und so hing er ein paar Minuten später unten an der Wohnzimmertür, diesmal ohne seine Plastikhülle, und das Sonnenlicht ließ das eingewebte Muster noch deutlicher hervortreten.

Agnes Stielow stellte Saft und Gebäck auf den Tisch, dann schaute sie versonnen hinüber zu dem Mantel an der Tür.

„Weißt du", begann sie, „es wird mir immer ein bisschen komisch, wenn ich den Mantel sehe oder an ihn denke. Ich kann das gar nicht beschreiben, dieses Gefühl, weil ich ihn ja schon von Kind an kenne. Und damit verbunden ist immer die Frage, was der Besitzerin und ihrer Familie zugestoßen ist. Ich weiß von meinem Großvater, dass die Leute fest davon überzeugt waren, wieder zurückzukommen. Und so ist der Mantel zum Stellvertreter für diese Menschen geworden. Sonst hätten wir ihn bestimmt schon weggegeben in eine Kleidersammlung oder verschenkt. Aber das haben wir alle nicht gekonnt."

21
Unerwartetes Wiedersehen

Wo steckte nur dieser Moumouche? Er antwortete nicht, sein Handy war aus, er reagierte auf keine Nachricht! Das war jetzt schon drei Tage lang so. Fanette, randvoll davon, den Mantel gefunden zu haben, hätte so gerne endlich mit Moumouche darüber gesprochen. Ob ihre Mutter wusste, was da los war? Heute Abend! Wenn er sich bis heute Abend nicht gemeldet hatte, dann würde sie Maman anrufen. Auch, wenn ihr nichts ferner lag, als mit ihrer Mutter zu telefonieren, sie musste einfach ihre Neuigkeiten loswerden.

„Fahren wir eine Runde?" Sabine steckte den Kopf zur Zimmertür herein und sah Fanette erwartungsvoll an. „Jakob hat uns angesteckt mit seiner Fahrradleidenschaft! Und ich hab eine gute Idee, wohin wir fahren können."

Fanette legte die Notizen beiseite, die sie gerade machte. Es war höchste Zeit, sich endlich Gedanken über den Aufsatz zu machen, den sie scheiben musste.

„Okay, und wo gehts hin?"

„Lass dich überraschen!"

Sabine und die beiden Jungen warteten schon vor dem Haus, als Fanette hinunterkam. „Wir fahren ins Ommelstal", sagte Sabine, und sofort begannen Emil und Jacob zu kichern.

„Ommel Bommel, Ommel Bommel!", riefen sie abwechselnd, bis Sabine „scht!", machte und losfuhr.

Sie drehten eine große Runde um das Dorf herum, bevor sie hinter dem Kreisverkehr am Ortseingang einen schmalen Pfad nahmen, den Fanette bisher übersehen hatte. An einigen Schrebergärten vorbei ging es langsam bergab und der Weg verwandelte sich von einer geteerten Straße zu einem Feldweg. Bald merkte man nichts mehr vom Dorf, sondern befand sich mitten in einem lichten Waldstück.

„Wie schön es hier ist", sagte Fanette, als sie im Tal bei einem umzäunten Gelände anhielten. „Was ist das hier?"

„Das ist der alte jüdische Friedhof von Fliesteden", antwortete Sabine, „und ich hab den Schlüssel zu diesem Tor besorgt, damit wir hinein können!"

Jetzt erst entdeckte Fanette die alten verwitterten Grabsteine, die, wie hingestreut, weiter rechts auf dem abschüssigen Gelände zu sehen waren. Einige waren weiß, andere braun und von grünem Moos überzogen.

Sie schlenderten von Stein zu Stein und Sabine erklärte: „Den Friedhof gab es wohl schon im 17. Jahrhundert hier. Ganz schön lang, nicht wahr. Und genauso lang lebten anscheinend auch Juden in Fliesteden."

„Und warum liegt dann der Friedhof so weit weg vom Dorf?", fragte Fanette. „Friedhöfe sind doch eigentlich immer mitten im Ort, oder?"

Sabine überlegte. „Vielleicht liegts daran, dass er eben für die Juden war. Die lebten zwar im Dorf, aber sie waren keine Christen und sollten Abstand halten. Vielleicht dachten die Leute ja auch, dass von den Gräbern ein böser Zauber ausgeht. Wer weiß, auf was für Ideen die gekommen sind!"

Fanette seufzte. „Nicht nur damals!"

„Und wieso sind das nur so wenige Gräber, wenn der Friedhof doch so alt ist?", wollte Jakob wissen.

„Na ja, der Friedhof ist immer mal wieder zerstört worden. Und dann wurde, glaub ich, auch das Gelände verändert und neu angelegt."

„Schaut mal hierher!", rief Jakob plötzlich. „Ich kann einen Namen lesen: Sarah Stock." Fanette lief zu ihm hinüber. Es war das größte Grab auf dem Gelände, es besaß sogar noch seine steinerne Begrenzung. Mittendrin wuchsen lauter kleine blaue

Leberblümchen. Auf dem rechteckigen Grabstein lag waagerecht obendrauf noch ein weiterer Stein. Ein prächtiges Grab war das einmal gewesen, offenbar für die ganze Familie geplant.

„Lies einmal vor, was da alles steht!", sagte Emil. Fanette beugte sich vor.

„Hier ruht meine liebe Gattin, unsere gute Mutter, Sarah Stock, geborene Stock, geboren 25. Oktober 1854, gestorben 27. Oktober 1921." Fanette überlegte, dass das die Großmutter der Familie gewesen sein musste, die Mutter von Jüdde Mäx. Sie war die Einzige der Familie, die noch ihren eigenen Tod hatte sterben können. Die beerdigt worden war, begleitet von einem Trauerzug, Gebeten und vielleicht einer Anzeige in der Zeitung.

Fanette schluckte. Wollte sie wirklich wissen, wie die übrige Familie zu Tode gekommen war? Da war wieder diese Grenze. Das Bedürfnis, sich das Grauen lieber vom Hals zu halten und es sich nicht in allen Einzelheiten vor Augen zu führen.

„Kommt endlich, wir wollen weiterfahren!" Emil und Jakob hatten genug, sie standen schon am Tor beim Zaun. Fanette machte noch einige Fotos und dann aus einem Grund, der ihr selbst nicht ganz klar war, eine kleine, kaum merkliche Verbeugung vor diesem Grabstein.

Als sie später zu Hause in ihrem Zimmer bei ihren Notizen saß, begriff sie, wie normal und selbstverständlich es einmal gewesen war, dass in diesem Dorf Juden gelebt hatten. Hatte Änni Mannebach nicht erzählt, dass es sogar einmal eine Synagoge gegeben hatte? Natürlich keine große und prächtige, sondern vielleicht nur einen großen Raum in einem Haus.

Ich muss Änni Mannebach endlich wieder mal besuchen, dachte Fanette, „ich bin schon seit dem vergangenen Wochenende nicht mehr dort gewesen."

„Essen kommen!" Sabine klang heute sehr entspannt.

Ihr tut das Fahrradfahren offenbar auch gut, dachte Fanette und ging die Treppe hinunter.

„Fährst du morgen wieder mit mir zur Schule?", fragte Jakob am Tisch. „Ich will lieber alleine, okay? Dann kannst du endlich einmal wieder ausschlafen."

Sabine machte ein zweifelndes Gesicht. „Meinst du echt, Jakob, dass drei Tage üben reichen?"

In diesem Augenblick läutete es an der Haustür.

„Ich geh schon", sagte Fanette, stand auf und ging hinaus in den Flur. Ein dunkler Schatten war hinter dem matten Glas der Tür zu sehen. Fanette drückte die Klinke und zog die Haustür auf. Sie erstarrte.

„Moumouche? Moumouche, nein! Nein, bitte nicht!"

Epilog

Als sie auf dem Bahnsteig eintrafen, stand der Zug nach Paris schon bereit.

„Wisst ihr die Wagennummer? Soll ich schnell schauen, in welchem Abschnitt ihr ihn findet? Fanette, hast du auch alles?"

Fanette hatte Schwierigkeiten, etwas zu sagen. Sabines Aufregung stand in krassem Gegensatz zu ihrer eigenen Bedrücktheit. Dabei täuschte Sabines hektische Unruhe eigentlich nur darüber hinweg, wie schwer ihr dieser überstürzte Abschied fiel. Als sie Fanette kurz vor dem Einsteigen umarmte, fing sie an zu weinen.

„Es tut mir so leid, dass du jetzt schon nach Hause musst. Aber ich verstehe ja auch, die Beerdigung ... Komm gerne wieder, wenn du Zeit und Lust hast und vor allem, wenn du weiter recherchieren willst! Du bist uns immer willkommen."

Fanette wischte ihr die Tränen ab und gab ihr einen Kuss.

„Bitte geh zu Änni Mannebach und erkläre ihr, warum ich sie nicht mehr besucht habe! Und grüße sie natürlich. Hier ist der Schlüssel zu ihrem Haus."

Sabine nickte und steckte den Schlüssel ein, dann wandte sich an Moumouche: „Wie gut, dass du gekommen bist! Du kannst natürlich auch immer wiederkommen!"

Moumouche erwiderte: „Dankerschön!", obwohl er kein Wort verstanden hatte. Aber Fanette würde es ihm gleich übersetzen.

„Und jetzt, rein mit euch in diesen Zug, sonst kann ich gar nicht mehr aufhören zu heulen!" Einen Moment lang sah es so aus, als würde Sabine tatsächlich von Neuem anfangen zu weinen, aber dann wurde aus dem schiefen Lächeln plötzlich doch ein ganz warmherziges Strahlen und sie begann zu winken. Der Zug setzte sich in Bewegung und sehr schnell geriet Sabine aus Fanettes Blickfeld. Sie bedauerte es, dass sich die Fenster in den Zügen nicht mehr öffnen ließen, wie man das manchmal noch in alten Filmen sehen konnte. Den Kopf in den Wind zu halten, das wäre jetzt wunderbar gewesen, die Tränen einfach laufen zu lassen, ohne dass es jemand mitbekam.

Moumouche hatte ihre Plätze schon gefunden und das Gepäck in der Ablage verstaut. Ruhig und sehr aufmerksam sorgte er für alles. Fanette war ihm dankbar dafür und dachte gleichzeitig, wie sehr er sich doch von allen anderen Jungen unterschied, die sie kannte. Er tat einfach immer das Richtige und auch, wenn er manchmal ein Großmaul war, er wusste, wann er die Klappe halten musste.

Nicht, dass sie das nicht schon früher bemerkt hätte, doch jetzt sah sie ihn mit neuen Augen. Und ihr fiel auf, wie sehr sie ihn in den letzten Wochen vermisst hatte.

Er ließ ihr den Platz am Fenster und eine Weile schauten sie beide stumm nach draußen. Wieder und wieder sah Fanette Aron Schatz vor sich, wie er lächelnd in seinem Bett lag, sie mit seinen blauen Augen sanft anschaute und von Susi und Wolfgang erzählte. So glücklich musste er damals mit ihnen gewesen sein. Ob der Schmerz groß gewesen war, wenn er von ihnen gesprochen hatte? Oder wurde es im Alter besser? Welche Wunden heilte die Zeit und welche nicht?

Die Trauer darüber, diesen vertrauten Menschen nie mehr wiederzusehen, überwältigte Fanette erneut und sie konnte die Tränen nicht zurückhalten. Sie lehnte sich an Moumouches breite Schulter.

„Und er ist wirklich einfach eingeschlafen?"

Moumouche schob die Armlehne zurück, damit er seinen Arm ganz um Fanette legen konnte.

„Der Tod kam so leise und sanft, dass Aron wahrscheinlich gar nicht gemerkt hat, wie er davongetragen wurde. Er war sehr schwach in letzter Zeit, weißt du, hat sehr oft untertags geschlafen und sich sogar einen Bart wachsen lassen, weil ihm das Rasieren zu anstrengend geworden war!"

„Hast du ein Foto von ihm gemacht?" Dieser Arm war so gut! Er schaffte Raum für alle Fragen, selbst die dümmsten.

Moumouche lachte kurz auf. „Auf die Idee bin ich tatsächlich überhaupt nicht gekommen."

„Und – warst du dabei?"

„Als er gestorben ist?" Moumouche überlegte. Es war eine komische Sache mit dem Tod, wenn er so leise kam, wie in diesem Fall. „Ja, schon, ich hab an seinem Bett gesessen und seine Hand gehalten. Aber wann genau jetzt dieser Moment da war – ich weiß es nicht. Irgendwann hab ich gemerkt, dass etwas anders war. Er war nicht mehr derselbe wie vorher!"

Die Tränen liefen und nach kurzer Zeit breitete sich auf Moumouches Hemd ein nasser Fleck aus. Als Fanette es bemerkte und aufschaute, sah sie, dass auch er feuchte Augen hatte. Moumouche wischte die Tränen mit dem Handrücken weg und sagte: „Danke!"

Fanette verstand nicht.

„Danke, dass ich sein Hüter sein durfte! Ich werde ihn sehr vermissen."

In diesem Moment ging auf Fanettes Handy eine Nachricht ein. Erst wollte sie sie ignorieren, dann schaute sie doch nach.

Liebe Fanette, nächste Woche kommt jemand für einen Vortrag nach Fliesteden, der die Geschichte der Familie Stock erforscht hat. Kommst du? Ich werde mit dem Mantel auch dabei sein.

Fanette erklärte Moumouche, wer da schrieb.

„Die Toten tauchen wieder auf!" Moumouche betrachtete die Fotos auf Fanettes Handy. „Dabei sieht dieses Dorf so friedlich aus. Kaum zu glauben, was sich da abgespielt hat!" Er sah Fanette einen Augenblick lang gedankenverloren an. „Du bist ganz schön hartnäckig, weißt du das? Und jetzt wird sich der Rest vielleicht auch noch aufklären. Du musst diese Dame unbedingt bitten, dass sie dir von diesen Forschungen berichtet!"

„Aber – Aron, jetzt kann ich ihm gar nicht mehr erzählen, wie es in diesem Dorf war und wen ich getroffen habe!"

Moumouche schaute wieder aus dem Fenster. Auch er sah Aron Schatz vor sich.

„Das macht nichts", sagte er, „diese Geschichte musst du trotzdem erzählen. Nicht den Toten, sondern den Lebenden. Hast du eigentlich schon angefangen mit deinem Aufsatz?"

„Nur Notizen", sagte Fanette, „aber vielleicht hab ich eine Idee. Willst du nicht ein bisschen schlafen?"

Moumouche machte augenblicklich die Augen zu. „Kein Problem!"

Fanette musste lachen. „Ok, es reicht, wenn du aus dem Fenster siehst und mir nicht beim Schreiben zuschaust!"

„Klar doch!"

Sie holte ihr Heft heraus und legte den Stift bereit. Dann schaute sie sich noch einmal das Foto von Susi an ihrem ersten Schultag an, wie sie sich an der Haustür zu dem Fotografen umdrehte, und schrieb:

Susinka, mehr als eine Erinnerung, wohnhaft: Ja, wo wohnen die Toten? Irgendwo zwischen Himmel und Erde

Aron, ach, liebster Aron, dass er noch an uns denkt! Niemand erinnert sich mehr an uns, aber er hat uns noch nicht vergessen.

Und vielleicht hat das auch der eine oder andere alte Fliestedener nicht, falls er sich erlaubt, daran zu denken, dass wir einmal zu diesem Dorf dazugehörten.

Nachwort

Gegenstände, simple Dinge wie eine Tasse, eine Schüssel, eine Puppe oder ein Kleid, sind immer mehr als nur Gegenstände, wenn persönliche Erinnerungen damit verbunden sind, Erlebnisse, Gefühle oder bestimmte Menschen. So verhält es sich auch mit dem Mantel, dem dieses Buch seinen Titel verdankt. Seit mehr als fünfundsiebzig Jahren wird er in der Familie des Schneiders Gottfried Johnen aus Stommeln aufbewahrt. Agnes Stielow, die Enkelin des Schneidermeisters, hütet ihn bis heute. Ich lernte sie Ende 2014 kennen, nachdem meine Freundin Tamar mir von einer Veranstaltung erzählte, die sie besucht hatte. Es war ein Vortrag des Stommelner Historikers Josef Wißkirchen über die Geschichte der jüdischen Familie Stock aus Fliesteden. Agnes Stielow und der Mantel, den ihr Großvater genäht hatte, waren mit dabei. Meine Freundin Tamar war sehr beeindruckt und gab mir später die Telefonnummer von Agnes Stielow.

Kurze Zeit später habe ich sie besucht und sie erzählte mir von der langen und bewegenden Geschichte des Mantels in ihrer Familie. Mit welcher Ehrfurcht er behandelt, verwahrt und gepflegt wurde. Weder ihr Großvater noch ihre Eltern haben es jemals übers Herz gebracht, ihn zu tragen, zu verschenken oder in die Altkleidersammlung zu stecken. Denn dieser Mantel erinnerte an die Familie Stock, die viele Generationen lang in Fliesteden gelebt hatte. 1942 wurde sie zusammen mit den übrigen jüdischen Menschen aus dem Rhein-Erft-Kreis nach Minsk deportiert und dort ermordet.

Josef Wißkirchen hat ihre Geschichte recherchiert und in verschiedenen Aufsätzen publiziert. Seit vielen Jahren beschäftigt er sich mit den Auswirkungen der nationalsozialistischen Herrschaft in seiner Heimatregion und hat nachdrücklich aufgezeigt,

Jenny und Max Stock

dass die alteingesessenen jüdischen Menschen in den Dörfern des Rhein-Erft-Kreises zur Zeit des Nationalsozialismus nicht weniger bedroht waren, als jene in den großen Städten. Die Vorbehalte der christlichen Nachbarn gegenüber Juden saßen tief. Fast zweitausend Jahre lang predigten Priester immer wieder von den Kanzeln der Kirchen, dass die Juden schuld daran wären, dass Jesus ans Kreuz geschlagen wurde, weil sie ihn nicht als Messias anerkennen wollten. Die Menschen glaubten es und entwickelten im Laufe der Jahrhunderte immer neue Horrorgeschichten: Dass Juden Brunnen vergiften oder kleine Kinder ermorden und ihr Blut trinken, wurde seit dem Mittelalter erzählt. Auch wurde verbreitet, dass Juden Christen übers Ohr hauen würden und sich nur an ihnen bereichern wollten. Dieser Antisemitismus ließ sich ganz leicht aktivieren, sobald irgendwo Probleme auftauchten, die man jemandem in die Schuhe schieben wollte. Die menschenfeindlichen Parolen der Nationalsozialisten und ihr Hass auf die Juden stießen unter anderem deshalb auf wenig Widerstand.

Kindergruppe mit Susi und Wolfgang in der Mitte

So wurden Max und Jenny, Susi und Wolfgang Stock zu Außenseitern. Gemieden von denen, mit denen sie doch gut bekannt waren und die seit Jahrzehnten bei ihnen Vieh oder Fleisch gekauft hatten. Drangsaliert durch die judenfeindlichen Gesetze der Nationalsozialisten, die ihre Bewegungsfreiheit immer mehr einschränkten. Nur wenige Nachbarn widersetzten sich dem offen und hielten weiter Kontakt mit der Familie oder unterstützten sie. Dazu gehörte, neben anderen, die Familie Schreier, die den großen Bauernhof gegenüber dem Haus der Stocks besaß. Agnes Schreier, verheiratete Ackermann, geboren 1923, war als Kind eng mit Susi und Wolfgang Stock befreundet. Im Dezember 2014 konnte ich mit ihr telefonieren und sie erzählte mir diverse Details aus dieser Zeit. Darüber, dass Susi und Wolfgang jeden Tag zum Spielen auf den Schreierhof kamen, dort Milch und Butter holten oder bei der Ernte halfen. Auch die Frauen der beiden Familien sahen sich fast jeden Tag, saßen zusammen vor

Susi an ihrem ersten Schultag an der Haustür

dem Radioapparat und strickten Pullover und Socken, die die Bauern ringsum in Auftrag gegeben hatten.

Eine andere wichtige Person, die sich von den Parolen der Nazis nicht einschüchtern ließ, war der Schneidermeister Gottfried Johnen, von dem mir seine Enkelin, Agnes Stielow, lebendig und in vielen Einzelheiten erzählte. Er war ein angesehener Mann in Stommeln, der sich ganz offenbar nicht gerne etwas von anderen vorschreiben ließ, was nicht seiner eigenen Überzeugung entsprach. Wie offen er seine Haltung gegenüber den

Juden im Dorf auch auf der Straße oder in den Vereinen vertrat, in denen er aktiv war, kann ich nicht beurteilen. Privat hat er jedoch nicht nur Jenny Stock bis zuletzt empfangen und unterstützt. Auch anderen jüdischen Menschen aus Stommeln half er, nähte ihnen Wertgegenstände oder Geld in die Mantelsäume ein, was ihnen – wie im Falle der Schwestern Erna und Selma Cahn – nach ihrer Auswanderung in Amerika half, eine neue Existenz aufzubauen.

Seine Enkelin Agnes Stielow ist zusammen mit ihren Eltern im Haus der Großeltern aufgewachsen und konnte den Charakter des Großvaters und die Lebensverhältnisse anschaulich beschreiben.

Viele ihrer Erzählungen sind, ebenso wie die von Agnes Ackermann, in mein Buch eingeflossen. Gleichzeitig habe ich beide realen Personen in literarische Figuren verwandelt, um die Geschichte der Familie Stock erzählen zu können.

In meinem Buch heißt Agnes Ackermann Änni Mannebach, damit dort nicht zwei Personen mit dem Namen Agnes auftreten. Auch ihre Lebensgeschichte habe ich verändert und lasse sie in der Fiktion nach Fliesteden zurückkehren. Dort sitzt sie am Fenster und richtet den Blick konsequent auf die Vergangenheit. Sie ist damit ein Symbol für all jene ihrer Generation, die sich im Laufe ihres Lebens nicht gescheut haben, die anstrengende, unbequeme und schmerzhafte Frage nach der eigenen Schuld zu stellen. Als Figur in meinem Buch zeigt sie aber auch, dass sich diese Frage nicht so leicht und eindeutig beantworten lässt.

Wo fängt das Versagen an, in welchem Augenblick beginnt man, sich schuldig zu machen? Im Moment des Wegschauens? Ist die Angst vor einer Strafe ein akzeptables Argument, sich nicht gegen die menschenverachtende Politik einer Partei zu wehren? Wer gehört zu unserer Gesellschaft? Wer ist ein Einheimischer, wer ein Fremder? Hat jemand mehr Recht, an einem Ort zu leben, als ein anderer?

Diese Fragen gehören nicht der Vergangenheit an, sondern sind nach wie vor aktuell. Wenn wir die Vergangenheit anschauen und uns mit ihr auseinandersetzen, können wir vielleicht die eine oder andere Antwort finden.

Auch Aron Schatz, Fanette und Moumouche lässt die Vergangenheit nicht los. Alle drei sind erfundene Figuren, die kein bestimmtes reales Vorbild haben. Trotzdem sind sie realistisch und könnten so oder ganz ähnlich irgendwo auf der Welt leben. Aron vereinigt all das in sich, was viele Überlende des Holocaust ein Leben lang bestimmt hat und immer noch bestimmt. Erst kürzlich konnte ich in Frankreich Kontakt zu einem Nachfahren der Familie Stock aufnehmen. Sein Vater war der Sohn von Jenny Stocks Schwester Erna, die nicht weit entfernt in Kerpen lebte. Er erzählte mir, wie eng sein Vater in der Jugend mit Susi und Wolfgang verbunden war. Dieser Vater überlebte zusammen mit seiner Mutter Erna in einem Versteck in Frankreich. Er konnte sein weiteres Leben lang immer nur wenig aus seiner Kindheit erzählen, weil der Schmerz über den grausamen Tod seiner Kinderfreunde ihn jedes Mal überwältigte.

Fanette ist eine Stellvertreterin für all jene, die mehr über eine, auch unangenehme, Vergangenheit wissen wollen und selbst aktiv werden.

Moumouche schließlich ist ein Beispiel dafür, dass die Vergangenheit nie wirklich zu Ende ist, sondern immer wieder in neuen Formen die alten Fragen an uns stellt.

Brigitte Jünger
Jerusalem, Dezember 2018